京都御幸町かりそめ夫婦のお結び屋さん

卯月みか

一二三文庫

目次

イラスト　domco.

第一章　結婚してください

うまい話には裏がある。

戸塚花菜《とつかかな》は、今、しみじみとその言葉を噛みしめていた。

（河原町《かわらまち》の駅近で、あんなに破格の家賃、おかしいと思ったんだよね……）

深々と溜め息が漏れる。

「他の物件もございますので、ご紹介しますよ」と誘う不動産会社の営業とは、内見させてもらったマンションの前で別れた。こちらの足元を見て、しれっと「出る」らしい事故物件を紹介されては、次に紹介される部屋も、訳あり物件なのではないかと疑ってしまう。

お金はない。時間もない。とにかく早く家賃の安い部屋を見つけなければならない。

花菜が勤めていた印刷会社が倒産したのは、昨日のこと。

朝、出勤したら、入り口のシャッターが閉まっていて、倒産のお知らせの紙が一枚、貼ってあった。

（そういえば、最近、暑いのにクーラーを切っていたっけ……。経理の田中《たなか》さんも、資金繰りがどうのとか言っていたような……）

目の前が真っ暗になったが、どうすることもできないので、しょんぼりと自宅アパートに帰ると、大家の老婦人が訪ねてきた。

「ごめんねえ。このアパート、老朽化が激しいから、取り壊して駐車場にすることにしてん。住んでくれたはる人も、一〇三号室の山内《やまうち》さんと花菜ちゃんだけになってたしねぇ。山内さんは今度、綺麗《きれい》な施設に入らはるらしいわ。花菜ちゃんは若い女の子なんやから、いつまでもこんなアパートに住んでへんと、セキュリティのしっかりしたマンションに引っ越したほうがええと思うで」

大家から「なるべく早く出ていってほしい」と言われ、目眩《めまい》がした。

確かに、花菜の暮らしている木造アパートはボロい。古くて、あちこち塗装が剥げているし、雨漏りもする。耐震の面でも不安だ。住人もどんどん退去して、花菜と一〇三号室のご老人、山内の二人だけになっていた。山内が出ていくと、住人は花菜一人になってしまう。空き室を放っておくよりも、潰して駐車場にしたほうがいいという、大家の考えはよくわかる。

まさか、失業した日に、立ち退きの要求をされるとは思わなかったが、落ち込んでいてもしかたがない。

(仕事探しと部屋探し、頑張らなくちゃ。でも、まずは部屋が先だよね！)

前向きな気持ちで物件探しを始めたのに、最初の一歩で躓《つまず》いてしまうとは。

「他の不動産屋に行こう！　数撃てば、いつかはいい物件に当たるよね！」

花菜は、不安な気持ちを振り払うように、右手の薬指に嵌《は》めている銀色の指輪に触れた。これは花菜の母親の形見で、大切なお守りだ。

「よしっ！」

気合いを入れ直した時――

「冷たっ！」

足元に水をかけられ、花菜は驚いて飛び退いた。振り向くと、バケツと柄杓《ひしゃく》を持った男性が「しまった」という顔で花菜を見ていた。

「すみません！　手元が狂いました」

彼は、年の頃は二十代後半だろうか。すらっと背が高くて、整った顔立ちをしていた。目元が優しく落ち着いた雰囲気だが、今はとても慌てている。

どうやら、道路に水を撒《ま》いていたところ、よそ見をして、花菜にかけてしまったようだ。

急いで花菜のそばまでやって来た男性は、深々と頭を下げた。

「ほんまに、申し訳ありません。タオルをお貸ししますので、店の中に入ってください」

（まさに、踏んだり蹴ったり）

ここまで来たら、自分の不運さを笑うしかない。

「これぐらい、すぐ乾くのでいいです。今日は暑いですし」

申し訳なさそうな男性に、両手を横に振って「大丈夫です」と言ったが、彼は引き下がらなかった。

「そういうわけにはいきません。せめて、お詫びにコーヒーでもごちそうさせてください」

「コーヒー？」

よく見れば、彼が打ち水をしていたのは、古い町家を利用したカフェの前だった。緑色ののれんが掛かっていて『縁庵《ゆかりあん》』と白く染め抜かれている。入り口のそばには黒板が置いてあり、「本日のランチセット」という文字が見えた。

（ここカフェだったんだ。素敵なお店。ちょっと興味があるかも……）

ランチの文字を見た途端、お腹がキュウと鳴った。

音が聞こえたのか、男性が一瞬きょとんとした後、笑みを浮かべた。

「ここは僕の店です。よろしければ、ランチをごちそうしますよ」

「でも、ご迷惑じゃ……」

「気にしぃひんといてください」

男性はのれんに手を添えてめくると、「どうぞ」と花菜を促した。

せっかくごちそうしてくれると言うのだから、寄っていってもいいかもしれない。

「じゃあ、少しだけ……」

導かれるまま、店内に入る。

古い町家の中は、ワンルームに改修されていた。あまり手を加えずに、壁だけ取り払ったのか、古びた柱などはそのままだ。オープンキッチンの前はカウンターテーブルになっていて、六脚の椅子が並べられていた。その他の席は、古いテーブルや椅子、ソファーなどを利用した二人席から四人席。花菜以外に客はいないようだ。「ようだ」というのは、店内には物が多く、隅々まで見渡せなかったからだ。

（ここって、カフェだよね？　まるでアンティークショップ……というよりも、リサイクルショップみたい）

花菜がそう思ったのも当然で、『縁庵』の店内は、アンティークと呼ぶには生活感のある物たちで溢れかえった、およそカフェらしくない雑然とした空間だった。

昭和レトロな家具や食器。古着、古書、レコード。信楽焼《しがらきやき》の狸や鮭を咥《くわ》えた熊の置物。足踏みミシン、木刀……。

驚きで立ち尽くしている花菜に、男性が、

「こちらへどうぞ」

と、声をかけた。

「あっ、はい……」

わけがわからないまま、彼が引いた、カウンター席の椅子に腰を下ろす。カウンターテーブルの上にも、装飾的な鏡や、ポストカード、マスコットなど、あれこれと物が並べられている。花菜の目の前には、高そうなガラス製のテーブルランプが置かれていた。ランプベースは木製で、妖精の彫刻が施されている。シェードは赤いガラスで、まるで、妖精がキノコに抱きついているようなデザインだった。

（綺麗なランプ）

花菜は、そっとランプに触れた。その瞬間、頭の中に見たことのない光景が浮かび、驚いて手を離した。指先がシェードの下のチェーンにあたり、しゃらしゃらと音が鳴った。

「どうかしはりましたか？　あ、そのランプ、邪魔でした？」

花菜が席が狭いと思っていると勘違いしたのか、男性がランプを取り上げ、カウンターテーブルの隅へ移動させた。

「あっ、すみません……」

狭いと思ったわけではないが、説明できることではないので、花菜は曖昧に笑った。

男性がタオルを持ってきて、差しだした。

「どうぞ。使ってください」

「ありがとうございます」

タオルを受け取り、スカートをトントンと叩く。

「拭けそうですか？　もう一枚いります？」

心配そうに聞く男性に、

「大丈夫です」

と答える。

濡れたスカートは冷たいが、今日の気温なら、待てばそのうち乾くだろう。

「このお店、カフェですよね？　なんで、こんなにたくさんの物があるんですか？」

あらかたスカートを拭き終えると、花菜は不思議に思っていたことを尋ねてみた。

「ランチをごちそうする」と言っていたとおり、調理を始めた男性が「ああ」と苦笑する。

「初めて来たらびっくりしはりますよね。うち、なんやかんやと古い物が集まってくるんです。ほとんどが、もとの持ち主が『いらへんようになった』って言うて、持ち込んできはった物なんです。最初は、うちにあった不要品を『誰かに使ってもらえたらええな』っていう軽い気持ちで店に出してたんです。それを知ったご近所さんが『うちのいらんもんも、誰かにあげてくれへん？』って、あれこれ持ってきはるようになりまして。今ではこの有様です。――まあ、ええこともありますけど」

「ええこと、ですか？」

これだけ他人の不要品が集まれば迷惑なのではないかと思って首を傾《かし》げた花菜に、男性は悪戯っぽい笑みを向けた。

「売買をしているわけやないので、お金はもらってへんのですけど、たまに気のきいた人が『ええもんもろたお礼に』って、お菓子とかお酒とかくれはることがあるんです」

「そうなんですか」

花菜は呆れ半分、感心半分に笑い返した。

（お人好しだけど、ちゃっかりしてる人だなぁ）

「ああそうや、まだ名乗ってませんでしたね。僕はこの店のオーナーで、進堂一眞《しんどうかずま》っていいます」

自己紹介をされたので、花菜も、

「戸塚花菜です」

と、名乗る。

「戸塚さんも、何か欲しい物があれば、持って帰ってもらっていいですよ」

「欲しい物ですか？」

一眞に勧められて、花菜はカウンターに視線を巡らせた。無造作に置かれている、京都の風景を写した写真集が気になり、手元に引き寄せる。ぱらりとめくると、春の祇園《ぎおん》や、夏の鴨川《かもがわ》、秋の東福寺《とうふくじ》に、冬の貴船《きぶね》と、色鮮やかな風景が目に入り、胸がときめいた。

「その本、いいでしょう」

「これは古書ですか?」

「ふふ、それは知人が自費出版した写真集で、彼の宣伝がてら店に置いてます」

「不要じゃない物もあるんですね」

「そうですね。そこの妖精のランプもディスプレイです。母の物でして」

「素敵ですね、そのランプ。不要品の中でも、人気の物とか、不人気の物とかあるんですか?」

どのような物がもらわれやすいのだろうかと、興味津々で聞いてみる。一眞は「そうですねえ」と考え込んだ。

「古い家具とか椅子とかが人気かな。大正ロマンっぽい家具は、好きな人は好きですしね。椅子はいろいろ出てきます。例えば、昔のミシン台の椅子とか、理容室で使ってはった油圧式の椅子なんてものもありました」

「理容室の椅子って、上下するやつですか?」

「そう。理容室を閉店した人が持ってきはったんです。もろてくれた人は、下の部分を外してソファーにリメイクするって言うてはりました」

「へえ〜！　じゃあ、不人気な物は？」

　花菜が身を乗り出すと、一眞は苦笑いを浮かべた。

「食器棚とか、着物をしまう桐簞笥とかですね。今は物をあまり持たへんようにしてる人も多いから、昭和の花嫁道具みたいな大きな食器棚っていらへんのやろうし、桐簞笥は引き出しが浅くて、着物を入れる以外には使い道も難しいんやと思います。田舎のおじいちゃんおばあちゃんの家にあるような、大きくて立派な座卓も不人気です」

「なるほど……」

「大きな家具なんかやと、譲り手さんともらい手さんを僕が仲介することもありますけど、基本的には、引き取りはお店に入る大きさの物に留めてます」

　たあいない会話をしているうちに料理ができたのか、目の前に、木製のトレイに載せられたランチが出てきた。

「どうぞ。本日のおむすびランチセットです」

　角皿には、グリーンサラダが添えられたメンチカツが盛り付けられている。小鉢にはオクラの胡麻和え。お椀には、豆腐の味噌汁。そして、ご飯物は、ゆかりとカリカリ梅が混ぜ込まれたおむすびと、とろろ昆布のおむすびだった。

（ランチセットというか、定食みたい。なんだか、ほっこりする）

「おいしそう！」

弾んだ声を上げると、一眞が笑顔になった。

「ごゆっくりお召し上がりください」

冷たい番茶が入ったグラスが置かれる。

「図々しくすみません。いただきます」

手を合わせて箸を取り、とろろ昆布のおむすびを口に入れてみると、中の具は胡麻入りの昆布の佃煮だった。お米はほんのりと甘みがあり、ふっくらとしている。

「おいしい！」

「よかった」

花菜の感想に、一眞が嬉しそうに笑う。見れば見るほど、端正な顔立ちの人だ。

（格好良くて、お料理も上手で、カフェも経営しているなんて、この人モテそう）

おいしい料理と、一眞の素敵な笑顔に癒《い》やされる。先行き不安だった気持ちが、ほっと和らいだ。

「困ったことがあって、かなり落ち込んでいたんですけど、ちょっと元気が出ました。ありがとうございます」

メンチカツを箸で割りながら、お礼を言うと、一眞は首を傾げ心配そうな表情を浮かべた。

「困ったこと？　どうしはったんですか？」

「私、実は昨日、勤めていた会社が倒産して、失業しちゃったんです。しかも、住んでいるアパートも取り壊されることになって、出ていかないといけなくて」

「えっ、失業？　家もなくなるって？」

驚きの表情を浮かべた一眞に、出勤したら会社が倒産していた話や、大家に「早く出ていってほしい」と言われた話をする。すると一眞は難しい顔をして、

「立ち退きの通知は、契約期間満了の一年前から六ヶ月前までの間にしなあかんことになってるはずやから、早く出ていってほしいっていうの、無茶苦茶やと思うんやけどな」

と、言った。

「そうなんですか？　でも、昔からお世話になっている大家さんですし、居座るのも迷惑かなって……」

諦め気味の花菜に、呆れたような視線を向ける。

「戸塚さん、ええ人すぎますよ。今は一人暮らしなんですか？　どうしても早く出なあかんのやったら、次の仕事と住むところが見つかるまでの間は、実家に帰らはったらええんとちがいます？」

一眞の提案は、いたって普通だろう。花菜はかぶりを振った。

「私、小さい時に父親を亡くしていて、母親も高校生の時に亡くなっているんです。両親は駆け落ち婚だったらしくて、実家と縁を切っていたから、親戚に頼るのは憚《はばか》られて」

母が亡くなった後、母の弟だという男性が現れた。叔父から、祖父は既に亡く、祖母は病気で、母のことを忘れてしまったのだと聞いた。花菜は初めて会う叔父に戸惑ったし、叔父のほうも姪の存在に困惑している様子だった。叔父は、花菜が高校を卒業するまでは金銭的援助をしてくれたが、卒業後は連絡が途絶えた。

その後、花菜は小さな印刷会社に就職し、今まで一人でやってきた。

「失礼なことを聞くけど、恋人はいはらへんのですか？　彼がいはるんやったら、頼ってみるとか……」

一眞の視線が、花菜が右手の薬指に嵌《は》めている指輪に向いている。花菜は寂しい気持ちで苦笑した。

「そんな人はいませんよ。私はずっと一人です」

「そうなんや……。ほな、転職して、住むところを探さなあきませんね」

「はい。すんなりと仕事と部屋が見つかるといいんですけど……」

不安が募り、おいしいランチと一眞の笑顔で浮上した気持ちが再び沈んだ。

（ダメダメ、落ち込んでちゃ！　進堂さんだって、いきなりこんな話をされたら困るよね）

「…………」

一眞は何か言いたげに花菜を見つめている。重苦しい雰囲気になり、花菜が空元気で、

「気にしないでくださ……」

と、言いかけた時、がらりと店の戸が開く音がした。二人同時に振り返る。

店内に入ってきたのは、派手なピンク色のワンピースを来た女性だった。背が高く、若々しい外見をしているが、雰囲気から、それなりに歳をとっているのだとわかる。

女性の姿を見た一眞が、小さな声で「うわ」とつぶやいたのが聞こえた。

女性は一眞を見つけると、まっすぐに歩み寄ってきた。

「カズ君、なんで返事をくれへんの。何度もメッセージ送ってるのに」

険《けん》のある声音で問われ、一眞がうんざりした表情を浮かべる。

「佐都子《さとこ》叔母さん、お客さんがいてはるんやから、そういう話はやめてください」

佐都子と呼ばれた女性は、一瞬、花菜に目を向けたものの、言葉を続けた。

「ほな、さっさと返事しよし。あんた、いつやったら、予定空いてるん？　先方さんも期待してはるんやから、叔母さんの顔、潰さんといて」

「僕には店があるので、時間なんてないです」

「定休日ぐらいあるやろ。あんたが早く結婚してくれへんと、叔母さん、心配でしゃあないわ」

「別に叔母さんに心配してもらわんでも……」

「お兄さんとお義姉さんが亡くなって、一人残されたあんたのこと、私がしっかり面倒みぃひんと、天国の二人も安心できひんやろ」

佐都子がカウンターに両手をついて、前のめりになる。花菜を押しのけるような勢いだったので、花菜は思わず身を引いた。その弾みで妖精のランプに肘が当たり、しまったと思った時には床に落ちていて、ガシャンとガラスの割れる音が響いた。

「あっ！」

慌てる花菜に、一眞が、

「戸塚さん！　大丈夫ですか？」

と、声をかける。急いでキッチンから出てきて花菜のそばへやってくると、心配そうに確認した。

「怪我をしてはりませんか？」

「はい、私は大丈夫ですけど、ランプが……」

割れたガラスが、床の上に散乱している。オロオロして、屈み込もうとした花菜を、一眞が止めた。

「触らんといてくださいね、危ないので」

　そんな二人を無視して、佐都子が急かす。

「私、この後、用事があるんよ。カズ君、早う、いつやったらお見合いに来れるか、教えてちょうだい！」

「叔母さん」

　一眞がムッとした表情を浮かべ、佐都子を振り返った。きっぱりとした声音で答える。

「僕はお見合いなんてしません。――この人と、結婚する約束をしてるので」

（はい？）

　花菜の目が点になる。一眞が手のひらで指し示しているのは、花菜だ。

　佐都子の視線が花菜へ向く。驚いた顔をしている。

「えっ！　カズ君、このお嬢さんと付き合《お》うてるん？　そんな人はいいひんて言うてたやん。ほんまにそうなん？　この場逃れの嘘やないの？」

「ちゃいます。ほんまです。今日は『いつ籍を入れようか』って、相談してたんです」

　一眞がきっぱりと言い切る。

（えっ？　えっ？）

花菜は盛大に混乱したが、一眞は叔母から強引にお見合いを勧められていて、気乗りがしていないのだということを察し、下手に口を挟まないほうがよさそうだと判断した。

「なんや、それならそうと、早《はよ》う言いなさいよ。それやったら、うちが、あちこちからお見合いの話を探してこんでもよかったやん」

佐都子は呆れたように一眞と花菜の顔を見比べた後、

「うち、今日はこれから仕事の打ち合わせがあるし、もう行くけど、今度ちゃんと紹介してよ」

と、言い残して、店を出ていった。

（すごくマイペースな方だったな……）

嵐のようにやってきて去っていった佐都子に呆気に取られていたら、一眞が深々と息を吐いた。

「やれやれ、ほんまに、あの人は……」

「進堂さん、今のお見合い云々の話は……」

こめかみに手を当てている一眞の顔をそうっと見上げる。一眞は花菜を振り向くと、申し訳なさそうに謝った。

「驚かせてかんにん。さっきのは僕の叔母でして。両親を亡くした僕のこと、えらい心配してはって、早う所帯を持たせようと、断っても断っても、次々お見合い話を持ってきはるんです。うんざりしてたんで、咄嗟《とっさ》に嘘をついてしまいました。巻き込んでしもてすみません」

「大変ですね」

花菜は一眞に同情のまなざしを向けた。

「でも、叔母様、あらためて紹介してっておっしゃっていましたし、私が婚約者だなんて嘘をついたこと、すぐにバレちゃいませんか？」

心配な気持ちで問いかけたら、一眞は顎に指を当て、考え込むような顔をした。花菜をじっと見つめる。

花菜は一眞に頭を下げた。

「すみません、ランプ壊してしまって。弁償します」

床に散らばっているガラス片を見て、悲しくなる。

（綺麗なランプだったのに。それに、このランプには――）

先ほど、ランプに触れた時に見えた光景を思い出し、花菜の胸がぎゅっと痛くなった。

――物には、思い出が宿っている。

花菜は、母が亡くなってから、時折、それが見えるようになった。

きっかけは、母の形見の指輪だ。今は花菜が肌身離さず身に着けている指輪は、駆け落ちを決意した父が「絶対に幸せにする」と誓って母に渡した品だった。花菜が十八歳の時に亡くなった母は、生前、それをとても大切にしていた。

母を亡くした当時、花菜は、一人ぼっちになってしまった寂しさと悲しさ、将来への不安で、毎晩のように泣いていた。

少しでも母を感じたくて、形見の指輪を嵌めて眠った。そうしたら、ある夜、夢に父と母が現れた。母は腕の中に赤ちゃんを抱いていて、父は二人を愛《いと》おしそうに見つめていた。

母がゆっくりと体を揺らしながら、赤ちゃんをあやしている。父が、白い餅のような頬《ほお》をつつくと、赤ちゃんは小さな手で父の指を握りしめた。

『可愛いなぁ……。可愛いね。本当に可愛い。この子は天使かな？　ねえ、君もそう思うだろ？』

「可愛い」を連発する、親馬鹿な父の様子に、母がくすくすと笑っている。赤ちゃんに優しい目を向けて囁《ささや》いた。

『花菜、私たちのところに生まれてきてくれてありがとうね』

（あれは私？）

笑顔の両親。幸せの縮図。

夢から覚めた時、花菜の頬は濡れていた。

母が亡くなってから四ヶ月後、花菜は卒業式を迎えた。お世話になった担任に挨拶をして今後の相談をし、学校を出た。他の生徒たちはとっくに帰宅していて、花菜は一人、誰もいない通学路を歩いた。

これからは社会人。一人でしっかりと生きていかねばならない。

寂しさがこみ上げてきて、花菜は、制服の下に隠していたネックレスを取りだした。不安感に襲われ、チェーンに通してある指輪を握りしめた時、以前見た夢の光景が脳裏に蘇った。

『可愛いなぁ……。可愛いね。本当に可愛い。この子は天使かな？』

『花菜、私たちのところに生まれてきてくれてありがとうね』

両親の笑顔が見え、声が、すぐそばで聞こえた。

歩きながら寝ぼけているのかと思い、花菜は指輪を離し、両手で自分の頬を叩いた。

不思議な気持ちで、もう一度指輪に触れたら、今度は、

『君を絶対に幸せにするから、付いてきてほしい』

と、言う父の声が聞こえた。

父が母の指に指輪を嵌める光景が見えた。母は左手を上げ、指輪を見つめると、涙をこぼしながら幸せそうに笑った。

『どこまでも付いていきます』

その時の感覚は、まるで花菜自身が指輪になって、将来を誓い合った両親の様子を眺めているかのようだった。

それ以来、花菜は肌身離さず指輪を身に着けるようになった。すると、時折、脳裏に母の姿が見えた。父や花菜の姿が見えない時もあったので、これは指輪が記憶している、持ち主である母の思い出なのだろうと、花菜はそう理解した。

だから、先ほど、妖精のランプに触れて驚いた。あの瞬間、花菜の脳裏に見知らぬ女性の姿が映り、声が聞こえたのだ。

(『一眞。悪戯《いたずら》したらあかんよ。優しく触ってあげてね』って、小さな男の子に話しかけていた)

ランプを介して見えた女性は優しい顔立ちをしていて、今、花菜の目の前にいる一眞によく似ていた。

(あの人はきっと、進堂さんのお母さんなんだ。私が割ってしまったランプは、進堂さんのお母さんの大切な物だったんだ)

「お兄さんとお義姉さんが亡くなって、一人取り残されたあんたのこと——」という、佐都子の言葉を思い出す。

(進堂さんのお母さんは、きっともうお亡くなりになっているんだ。もしかして、こ

のランプは形見……？　どうしよう……そんなランプを割ってしまうなんて）

他人の大切な物を壊してしまったという罪悪感で胸が苦しい。

しゃがみ込んでガラスの破片を拾い始めた花菜を、一眞が止めた。

「危ないし、そのままにしておいてくれはったらいいですよ」

「でも……」

花菜は悲しい気持ちで一眞を見上げた。

「進堂さん。このランプ、特別な物だったんじゃないですか……？」

（進堂さんに申し訳ない。それに、ランプにも可哀想なことをしてしまった）

しゅんとしている花菜を見つめていた一眞が、花菜の隣にしゃがみ込んだ。膝の上に腕を置き、花菜の顔を覗き込む。一眞は神妙な顔をして、衝撃の言葉を口にした。

「そのランプ……母が生前大切にしていた物で、実は二百万円します」

「えっ！　二百万円？」

花菜は思わず大きな声を上げた。

（そんなに高い物だったの？　私、なんてことをしてしまったんだろう……！）

狼狽《うろた》える花菜を見て、一眞が悪戯っぽい表情を浮かべる。

「弁償してくれなくてもいいです。その代わりに、僕のお願いを聞いてくれはりませ
ん？」

「お願いですか？　私にできることでしたら、なんでも言ってください！」

一眞にお詫びをしたい。花菜は心からそう思って、一眞のほうへ身を乗り出した。

すると――

「戸塚さん、僕と結婚してください」

一眞の唐突な「お願い」に、花菜の動きはフリーズした。

「は、はい？　結婚？」

意味がわからず激しく混乱している花菜が面白いのか、一眞が、ふふっと笑った。

「ええ。二百万円は返さなくていいです。その代わり、僕と結婚してください」

もう一度同じことを言われて、花菜は大きな声を上げて立ち上がった。

「な、なんで？　私たち、今日、会ったばかりですよ！」

「形だけの結婚でいいんです。戸塚さん、住むところに困ってはるんですよね？　結婚したら、うちに住んでくれはったらいいですよ。僕、こう言ったらなんやけど、お買い得やと思うんです。性格は穏やかやし、見た目も悪くないし、家事全般できるし、家も店も持ってます。ついでに言うと、そこそこ貯金もあります。結婚したらお嫁さんは大事にしようと思ってます」

「はぁ……」

花菜は呆気に取られた。人のよさそうな男性だと思っていたが、とんだ自信家だ。

「仕事も、戸塚さんさえよければ、うちの店を手伝ってくれはったら嬉しいです。お給料はちゃんと出しますし。あっ、でも、専業主婦になりたいのなら、それでもいいですよ」

流れるような口調で勧誘され、打算が働いた。

（この人と結婚したら、住むところも仕事も手に入る。もしかして、いい話……？　いやいや、ちょっと待って。会ったばかりの人と、そんな簡単に結婚できるわけないし！）

頭を抱えて「うーんうーん」と唸っている花菜に、一眞がトドメの一言を投げた。

「結婚しぃひんのやったら、二百万円、返してくれはります？」

この上なく素敵な笑顔でそう言われ、花菜は絶句した。

＊

一眞に結婚を申し込まれた数日後、花菜は『縁庵』で、一眞の叔母、佐都子と顔合わせをすることになった。

佐都子はエステサロンを経営しているらしい。軽い自己紹介の後、佐都子は値踏みするように花菜を見つめながら、立て続けに質問を繰り出した。

「花菜さんて若そうやけど、歳はいくつなん?」

「二十歳です」

「大学生? それとも、お仕事とかしてはるん?」

「先日まで印刷会社で事務員をしていたんですが、事情があって退職しました」

「ご家族は?」

「幼少期に父が、高校生の時に母が亡くなっておりまして、それからは一人暮らしをしています」

早口の佐都子に、たじろぎながら答える。

定休日の『縁庵』には、他に客はいない。しんとした町家に、花菜たちの会話が響く。

佐都子は好奇心旺盛な性格なのか、花菜の趣味や学歴まで根掘り葉掘り聞いてきた。

花菜は「そこまで聞かなくてもいいんじゃ……」と思いながらも、佐都子の質問に素直に答え、そんな花菜が気に入ったのか、佐都子は満足そうに一眞に声をかけた。

「カズ君、花菜さんて、ええ子やん。でも、こんなに若い人と、どこで知りおうたん」

「花菜さんは『縁庵』の常連さんなんです。よう来てくれはるうちにおしゃべりするようになって、仲良うなったんです」

一眞が涼しい顔でそつなく答える。

花菜と一眞が婚約を交わすにあたり、体面のよいように考えた「設定」を、佐都子はあっさりと信じたようで、

「そうやったん。カフェの常連さんやったんやね」

と、すぐに納得した。

「でも、それならそうと、早う言うてほしかったわ。もうすぐ三十歳やっていうのに、恋人の一人もいいひんって、叔母さん、やきもきしてたんやから」

「すみません。花菜さんとの将来をはっきりと決めてから、叔母さんには報告しようと思ってたんです」

一眞の言葉に、佐都子は「そうやったんやね」と頷いている。

「花菜さん。こんな物だらけの変わった店やってるマイペースな子やけど、カズ君のことよろしくね。カズ君も、両親亡くして一人やねん。花菜さんがいてくれはると思うと、私も安心やわ」

佐都子に頭を下げられ、花菜も慌ててお辞儀をする。

「はい。こちらこそ、よろしくお願いします」

（叔母さん、いい人そうでよかった）

最初に会った時の強引さと、質問攻めには驚いたが、落ち着いて話をしてみれば、

明るくて、とっつきやすい人だ。

「ほんで、叔母さん。これ、お願いしてもええ？」

一眞が、テーブルの上に置いてあった封筒を佐都子に差しだした。京都市の区役所で配っている窓口封筒だ。

「これ何？」

「婚姻届。証人欄に記入してほしくて」

「ああ、婚姻届ね。ええよ、書いておくわ」

佐都子が封筒を受け取り、中身をあらためてから、バッグにしまう。

前もって花菜と一眞はお互いに契約結婚の条件を出し合っていた。

花菜からの条件は、「住む場所の提供」と「カフェでの仕事」。もちろん、しっかりと給料は払ってもらう。

一眞からの条件は、「対外的に妻としてふるまうこと」と「叔母を完全に騙すために、婚姻届を記入すること」。

そして一番大切なこと。二人はあくまで同居人。夫婦生活は営まないし、部屋は別々。

どうしても同居に我慢ができなくなったら、一年後に離婚する。どちらかに好きな人ができた時も、早々に離婚する——という約束になった。

一眞は「シェアハウスみたいなもんやから、気楽にいこ」と言っていたが、はたして、出会って数日の二人が同居して、うまくいくのだろうか。

（婚姻届かぁ。契約とはいえ結婚するんだから、出したほうがいいんだろうな……）

記入する時に、「本当に提出するんですか？」と聞いたら、「うん、そのつもり」と言われたものの、こうして目の前で書類を見ても、一眞と結婚するのだという実感は湧いてこない。

一眞と離婚したらバツイチになってしまうので、そこは複雑な気持ちだが、二百万円の借金がある身としてはしかたがない。

（お金を貯めて、少しずつ返そう。そして早く離婚しよう……）

返したところで、一眞の両親のランプはもとの形には戻らないのだが――

ひと通り会話をした後、佐都子は、「ほな、またね。結婚式の日取りが決まったら教えてよ」と言い残し、『縁庵』を出ていった。

花菜は一眞を見上げ、問いかけた。

「するんですか？　結婚式」

「しぃひんでええんちゃう？　花菜さんはしたい？」

「………」

花菜は思わず考え込んだ。乙女としては、結婚式自体には憧れる。けれど、嘘の結婚で挙げるようなものでもないと思う。

「別にいいです」

花菜が首を横に振ると、

「そうやんね」

と、一眞は当たり前という顔をした。

そういえば、いつの間にか、一眞の口調はくだけていて、花菜のことも名前呼びになっている。

「叔母さんも帰ったし、この後はどうする？　デートでもする？」

冗談っぽく尋ねてくる一眞を見上げ、花菜はきょとんとした。

「デート？　なんでですか？」

「同居するんやし、少しはお互いのことを知ったほうがええかなって思って。まあ、さっきの叔母さんの質問攻勢で、花菜さんが、犬や猫よりウサギ派とか、グルメドラマが好きとか、いろいろ知れたけどね」

一眞は花菜のことを知ったのに、花菜は一眞のことを何も知らないというのは不公平だ。

「それだったら、どこかへ行きますか？　外は暑いけど」

今は八月の下旬。京都の暑い夏は継続中だ。

「ほな、祇園さんにお参りに行って、その後、かき氷でも食べに行こか。歩きながら、いろいろ話そ」

一眞が花菜を見下ろして、にこりと笑う。

成り行きで初デートに繰り出すことになった。

『縁庵』は御幸町通《ごこまちどおり》という通りに面している。御幸町通は「ごこまちどおり」と読む。他府県の人は「みゆき」と読んでしまうらしい。豊臣秀吉《とよとみひでよし》の時代に作られた、丸太町《まるたまち》通《どおり》から五条通《ごじょうどおり》までの南北の道だ。『縁庵』は、三条通《さんじょうどおり》を少し下った場所にあり、近くには、古着店や美容室などのおしゃれな店が多い。

御幸町通を南へ下り、『京の台所』と言われる錦市場《にしきいちば》を通り過ぎると、四条通《しじょうどおり》に出る。このあたりは京都一の繁華街になっていて、デパートや商業施設、路面店が建ち並び、大層賑やかだ。

四条通を東に向かって歩く。鴨川《かもがわ》を越えると、祇園《ぎおん》と呼ばれるエリアに入る。観光客に人気のエリアで、土産物店も多い。歌舞伎などが興行される南座《みなみざ》の前を歩きながら、一眞が花菜に話しかけた。

「花菜さんって、年齢の割にしっかりしてるよね」

「そうですか？　自覚はないですけど」

「うん。叔母さんへの受け答えが堂々としてたから」

「それは、嘘がバレないようにしなきゃと思っていただけで。バレたら、進堂さんが困るでしょう？」

一眞が、佐都子の執拗なお見合い攻勢から逃れるための契約結婚なのだから、バレたら元も子もない。

真顔の花菜を見て、一眞は一瞬きょとんとした後、「ぷっ」と吹き出した。

「何、笑ってるんですか」

「一生懸命だったのに」と頬を膨らませたら、一眞は花菜に優しいまなざしを向けた。

「かんにん。花菜さんて真面目で、ええ人やなぁて思ってん。花菜さんみたいな人と結婚できて嬉しいわ」

「……冗談やめてください、進堂さん。私たちの結婚はあくまで契約ですよ」

この人の真意はいまいちわからない。眉間に皺を寄せている花菜に、一眞が、

「そうや、花菜さん、気になってたんやけど」

と、続けた。

「その『進堂さん』て言うの、やめへん？　形だけとはいえ、花菜さんも『進堂』になるんやし」

そう言われれば、そのとおりだ。婚姻届を提出したら、花菜の名字は「戸塚」から「進堂」に変わる。

「ええと、それじゃ……一眞、さん？」

ためらいながら名前を呼んでみる。なんだか、非常に恥ずかしい。男の人を名前で呼んだのは初めてで、顔が熱くなった。

「どしたん？　赤くなってる」

「〜〜〜っ」

一眞のからかうような言葉に、思わず、彼の腕を叩いた。

「慣れないだけですっ」

ぷいと横を向いたら、一眞が声を上げて笑った。

笑うと彼はますます好青年に見える。人となりを知っておきたいと、花菜は一眞に聞いてみた。

「一眞さんのことを質問してもいいですか？」

「どうぞ」

一眞がにこりと笑う。

「一眞さんは二十九歳なんですよね？」

婚姻届に書かれていた生年月日を思い出して確認する。

「うん、そうやで」

「いつからカフェを経営されてるんですか？」

「五年前からやね。その前は、神戸のレストランに勤めてた。退職して、自分の店を持ってん」

「おむすびメインのカフェにしたのは、何か理由があるんですか？」

「単純に、僕が好きやからやね。おむすびって楽しくて、わくわくしぃひん？　遠足やピクニックのお弁当に入ってたり、中に入れる具もいろいろ工夫できたり」

　一眞の言葉に「なるほど」と思う。

（そういえば、お母さんも、よくお弁当におむすびを入れてくれてたっけ）

　思い出の味だという人もいるだろう。

「実家を改装するなら、雰囲気を活かして、和風カフェにしようと思ってん」

「お仕事以外の日は、何をされてるんですか？」

「読書かな。あとは、不要品の引き取りに呼ばれてる日も多いね」

「昔から、京都に住んでるんですか？」

　一眞は京都弁なので、生まれも育ちも京都なのかと思って聞いてみる。

「そうやね。生まれと育ちは左京区《さきょうく》やで。高野《たかの》のあたり」

「へえ！　ずっと今の場所……中京区《なかぎょうく》じゃないんですね」

「そういえば、花菜さんも京都生まれの京都育ちって言うてたけど、京都弁やないね」

「母が東京の人だったので、ほぼ共通語ですね。敬語だと特に。でも、学生時代の友達と話す時はうつるので、少し京都弁になりますよ」

たあいない話をしているうちに、八坂神社《やさかじんじゃ》の西楼門の前に辿り着いた。写真を撮る観光客に遠慮をしながら、階段を上がる。

手水舎《てみずしゃ》で身を清めた後、摂社末社が立ち並ぶ参道を歩く。すぐに視界が開け、境内に入った。正面には舞殿《ぶでん》が、左手には立派な本殿《ほんでん》が見える。

「八坂神社の御祭神って、どんな神様か知ってる？」

本殿に向かって歩きながら、一眞が問いかけてきた。

今まで、特に神社には興味がなかったので、花菜が「知りません」と首を横に振ると、

「素戔嗚尊《すさのをのみこと》と、櫛稲田姫命《くしいなだひめのみこと》と、八柱御子神《やはしらのみこがみ》やで。素戔嗚尊と櫛稲田姫命は夫婦で、八柱御子神が二柱の子供。素戔嗚尊は疫病退散の神様で、祇園祭の時には、素戔嗚尊と櫛稲田姫命と八柱御子神が乗った三基の御神輿《おみこし》が出るねん」

と、解説をされた。

「へえ～。祇園祭って、御神輿が出てたんだ。山鉾《やまぼこ》だけかと思ってました」

花菜はずっと、祇園祭は絢爛豪華な山鉾がメインだと思っていた。意外な気持ちでそう言うと、一眞が、

「山鉾巡行は、御神輿が通る道を清める先祓いやで」

と、教えてくれた。

(生まれた時から京都に住んでいて、友達と一緒に宵山《よいやま》を回ったこともあるけど、祇園祭の本当の意味を知らなかったなぁ)

花菜が感心していると、一眞がさらに続けた。

「八坂神社の本殿と拝殿は、一つの屋根で覆われた造りになってるねん。地下には青龍の棲む池があると言われてるで」

「一眞さんって博識で、観光ガイドみたいですね」

「そう？ ほな、またガイドしてあげるわ」

一眞が「ふふっ」と笑う。

二人は本殿の前に立つと、お賽銭を入れ、二拝二拍手をして、目を閉じた。

(成り行きで結婚することになったけど、一眞さんと仲良く暮らしていけますように)

花菜は夫婦神にあやかろうとお願いし、最後に丁寧に一拝した。

＊

婚姻届は、一眞の証人として佐都子が名前を書いた後、花菜の手に渡った。

花菜は、高校時代の友人に証人欄の記名をお願いした。彼女とは親友の間柄なので、正直に、一眞との結婚は契約結婚なのだと話したら呆れられた。「大丈夫なの？」と、かなり心配されたが、背に腹は代えられないと言うと、しぶしぶ名前を書いてくれた。

記入の済んだ婚姻届は一眞に渡してある。

諸々の準備が整い、萩の花が満開になった頃、花菜は『縁庵』に引っ越した。

「一眞さん、トラックを出してくださってありがとうございます」

軽トラックの運転席に座る一眞に向かい、花菜はぺこりと頭を下げた。

最初、花菜は引っ越し作業を業者に頼むつもりでいたが、荷物が少ないと聞いた一眞が、「それやったら自分たちでできそうやね」と言い、軽トラックをレンタルして、手伝ってくれることになった。とはいえ、二人だけでは厳しいだろうと、一眞の友人にも来てもらい、三人がかりでの作業となった。

『縁庵』の町家は、一階が店舗、二階が一眞の住まいになっている。表からは狭い家に見えるのだが、奥行きがあり、意外と広い。二階には洋室に改装された居室が三部屋と納戸があり、花菜は、御幸町通側の一室をあてがわれることになった。隣には一眞の私室がある。坪庭側の部屋はキッチンとリビングダイニングになっていた。

花菜の部屋に荷物を運び入れ、一眞の友人が帰っていった後、二人は、荷解きに励んだ。

「花菜さん、荷物、ほんまに少ないね」

段ボール箱を開けながら、一眞が驚いている。花菜が持ってきた家具は、カラーボックスと小さな箪笥。あとは、服や布団、身の回りの雑貨類、両親の位牌などだ。もう使わないだろう大きな家具や、古い小物類は、引っ越しの前日までに整理し、リサイクル業者に売れる物は売って、引き取ってもらえなかった物は処分した。

「一人暮らしでしたし」

無駄な物はなるべく買わないよう節約をしてきたので、花菜の生活はシンプルだった。

その日は片付けに時間を費やし、あっという間に夕刻になった。

「花菜さんは、片付けを続けてくれたらええよ。あっ、そうや。これ、渡そうと思っててん」

一眞がデニムのポケットから小さな鍵を取りだした。「どうぞ」と差しだされる。

「この部屋の鍵。男と一緒に住むのは不安やろうし、新しく付けてん。合鍵はないから安心して」

花菜は鍵を受け取り、

「ありがとうございます」

と、お礼を言った。

一眞が部屋を出ていき、花菜が片付けに集中していると、しばらくして、カレーのいい匂いが漂ってきた。服を整理していた手を止め、慌ててリビングに向かう。戸を開け、中に入ると、エプロン姿の一眞がキッチンに立っていた。

「一眞さん、すみません。晩ご飯、作らせちゃいました？」

契約結婚とはいえ妻なのだから、食事は自分が作るべきだったと反省する。すると、お玉を持った一眞が振り返り「ええよ」と笑った。

「僕、料理得意やし」

「確かにそうでしょうけど……」

一眞はカフェオーナーなので、料理ができるのは当たり前なのだが、仕事外でも作らせるのは申し訳ない。そう思って、

「今度からは私が作りますよ」

と言ったら、もう一度「ええよ」と断られた。

「料理するのは好きやねん。一人暮らし長いし、慣れてるから、気にしぃひんといて」

「でも、私、奥さんですし」

「女性が料理をしなあかんとか、今時、そういうの関係ないやん。得意なほうがした

らええねん」

一眞があっけらかんと笑う。

「そういうものですか？　すみません、ありがとうございます」

花菜は素直に一眞の提案を受け入れ、頭を下げた。

カレーが出来上がり、花菜と一眞は食卓について向かい合った。「いただきます」と手を合わせる。

一口食べて、花菜は目を丸くした。

「おいしい！」

甘さと辛さが絶妙で、スパイスは適度に効いている。牛肉ではなく鶏肉で、トマトが入っているのか、少し酸味もある。

「ほんま？　よかった」

一眞が嬉しそうに笑う。

「はい！　すごくおいしいです！」

付け合わせのグリーンサラダには、オレンジ色のドレッシングがかかっている。何の色なのか聞いてみたら、人参らしい。

「人参と玉葱と、オリーブオイルと酢と塩こしょうを、ミキサーで混ぜてるねん」

「へえ！」

母が亡くなってからは、家では自炊した料理しか食べていなかったので、他人が作った料理を食べるのは新鮮だ。

にこにこしながらご飯を食べていると、視線を感じた。顔を上げると、スプーンを動かす手を止めた一眞が、微笑みながら花菜を見つめていた。

「あの……？　何か……？」

夢中でがっついて、変な顔をしていたのだろうかと、恥ずかしく思いながら尋ねたら、一眞は、

「おいしそうに食べてくれて嬉しいなぁって思って見ててん」

と、答えた。

「誰かと食事をともにするって、やっぱりええね」

心からの言葉のように感じ、花菜は一眞の境遇を思い出した。

（そっか。一眞さんもご両親を亡くしているから……）

一眞とは形だけの夫婦の間柄だが、一緒にご飯を食べる時は、本当の家族のように楽しく食べたいと思った。

＊

引っ越しの片付けは翌日には終わり、花菜は早々に『縁庵』のスタッフとしてデビューすることになった。

特に制服はないので私服でいいと言われ、無難に、ベージュのスカートと白いカットソーを選んだ。

「これ、エプロンやし」

手渡された緑色のエプロンは、一眞とお揃いのものだ。背中で蝶々結びをしようと手間取っていると、一眞が腰で可愛く結んでくれた。

「お仕事って何からするんですか？」

今まで事務職しか経験がないので、飲食店の仕事内容がわからない。メニューを聞いて料理を運び、会計をするというイメージしか湧いてこない。

「まずは掃除やね。僕が床に掃除機をかける間、古道具の埃《ほこり》を払って、その後、客席のテーブルを拭いてくれる？」

「はい」

「ハンディモップは、そこの戸の中にあるで」

一眞が指差した。言われたとおり開けてみたら、掃除道具が入っている。スティック状の掃除機を出して、一眞に渡した後、フックに掛けてあったモップを手に取った。

（奥のほうから始めよう）

掃除機の音を背中で聞きながら、花菜は、庭に面した場所から古道具にモップをかけ始めた。

（こうしてみると、本当にいろんな物があるなあ）

棚に並べられているフィギュアの隙間に、ハンディモップを突っ込みながら、埃を払う。

（これ、私も昔見ていたアニメのやつだ）

美少女のフィギュアを見て、懐かしく思う。同じアニメのキャラクターがいくつか並んでいたので、持ち込んだ人は、よほどこのアニメが好きだったのだろうか。

（でも、いらなくなって『縁庵』に持ってきたんだよね……）

そう考えたら、急にこのフィギュアが可哀想になった。

どんな持ち主だったのだろうと気になり、フィギュアを手に取ってみたが、母の指輪のように、物の思い出が脳裏に浮かぶことはなかった。

（一眞さんのランプにはお義母さんの思い出が見えたけど、私の力は、どんな物にでも何かが見えるわけじゃない……）

フィギュアを棚に戻し、後は黙々と掃除を続けた。

テーブルを拭き、店の前に打ち水をした後、一眞は花菜に、レジの打ち方や接客の仕方を教えてくれた。そうこうしているうちに十一時半になり、『縁庵』は開店した。

十一時台は客数も少なかったものの、十二時を回るとにわかに混みだし、花菜は慌てながらも、なんとか接客をこなした。電子マネーやクレジットカードの会計などで、途中何度かわからなくなったが、そういう時はすかさず一眞が出てきて、対応を代わってくれた。

店内が落ち着くと、

「花菜さん。二階で一時間ぐらい休憩してきてくれたらええよ」

と、一眞に声をかけられた。

「はい、これ。お昼ご飯」

差しだされたトレイには、今日のランチメニュー、おかかのおむすびと、肉そぼろのおむすび、牡蠣《かき》フライとキャベツの千切り、キュウリの酢の物、わかめのお味噌汁が載せられている。

「これ、いただいてもいいんですか?」

「うん。まかないやし、どうぞ」

トレイを渡され、嬉しい気持ちで「ありがとうございます!」と、受け取る。

二階へ上がり、まかないを食べる。

牡蠣は臭みがなく、玉子たっぷりの自家製タルタルソースと一緒に食べると、とてもおいしい。キュウリの酢の物はミョウガが効いていて爽やかだ。

一時間休憩してもいいと言われたが、食事が終わると暇になってしまい、花菜は乾いていた洗濯物を取り込んだり、軽く掃除をしたりして過ごした。

休憩後は再び『縁庵』で接客。あっという間に十七時を回り、閉店まで一時間を切ると、客は一人もいなくなった。

ほっと一息ついた時、入り口の戸が開いた。気が緩みかけていた花菜は、慌てて顔を引き締めた。

「いらっしゃいませ」

店内に入って来たのは、二十代半ばぐらいの女性だった。細身のパンツに、シャツ姿。きりっとした雰囲気の女性だが、表情が暗い。

「お一人様ですか？」

声をかけると、女性は不思議そうな顔をして花菜を見た。

「あなた、誰？　もしかして、新しい店員さん？」

（この人、常連さんなのかな？）

今まで『縁庵』は、一眞一人で回していたと聞く。常連なら、突然花菜が現れて、驚いたのかもしれない。

「私、新しくここで働き始めたスタッフです」

「へえ、そうなんや。カズ君、新しい人を雇ったんや。カズ君に、亜紀《あき》が来たって言ってくれる？」

一眞を愛称で呼ぶなんて、亜紀はかなりの常連のようだ。

「お待ちください。すぐに呼んできます」

花菜はキッチンへ行くと、食器を洗っていた一眞に声をかけた。

「一眞さん。亜紀さんってお客様が来られています」

一眞が手を止め、顔を上げる。

「亜紀ちゃんが来たん？」

水道の栓を閉めて手を拭き、キッチンから出てきた一眞は、亜紀に笑いかけた。

「亜紀ちゃん。久しぶり」

すると、一眞の顔を見た途端、きりっとしていた亜紀が、泣きだしそうに顔を歪めた。

「カズ君、私の腕時計、引き取ってほしい……」

亜紀のただごとではない様子を心配したのか、一眞が足早に亜紀のそばまで来て、顔を覗き込んだ。

「どうしたん？」

亜紀の目に涙が浮かぶ。

「カズ君、私、彼氏に浮気されたぁ……」

「こっちに座り」

一眞が、泣きだした亜紀を手近な椅子に座らせる。花菜はカウンターキッチンへ飛んでいくと、グラスに水を注いで、亜紀のもとへ運んだ。

「亜紀ちゃん。とりあえず、水飲んで落ち着き」

一眞に勧められ、亜紀はグラスを手に取り、口を付けた。ゆっくりゆっくり飲み干した後、少し気持ちが落ち着いたのか、亜紀は「ふっ」と息を吐いた。

様子を見計らって、一眞がそっと問いかける。

「何があったん？」

亜紀は一眞を見上げ、

「カズ君、私の彼氏のこと、覚えてるかな？　前に一度、このお店にも連れて来たことがあるんやけど……」

と、話し始めた。

「ああ、そういえば、来はったことあるね。会社の先輩やったっけ？」

一眞の相づちに、亜紀が頷《うなず》く。

「そう。あの時の村田《むらた》さん。付き合って三年になるし、そろそろ結婚したいな、なんて思っててん。でも、この前、村田さんが、河原町を私の知らない女の人と二人で歩いてるところを見てしもて……」

「女性と二人で歩かはることぐらいあるんとちがう？　それだけで浮気を疑うなんて、早計やで」

亜紀は一眞の言葉に、かぶりを振った。

「今日は仕事が休みやったから、彼の家に遊びに行ってたの。そしたら、いきなり、別れ話を切り出されて……」

先ほどのことを思い出し、悲しさがこみ上げてきたのか、亜紀はバッグからハンカチを取りだすと、鼻を押さえた。くぐもった声で続ける。

「村田さん、半年前に参加した同窓会で、学生時代に交際していた初恋の相手と再会したんやって。『せっかく会ったんやし』って、後日、一緒に飲みに行ったら、昔が懐かしくなってお互いに想いが再燃して、いい関係になってしもたって……。そやから、私とは別れたいって……」

「それはえらいひどい話やね」

呆れている一眞に、亜紀が身を乗り出す。

「そうやろ？　二股して三年も付き合った彼女を振って、昔の女とよりを戻すなんてひどいやろ？　だから、この時計、カズ君に引き取ってほしいねん！」

亜紀は左腕に着けていた腕時計を外すと、乱暴にテーブルの上に置いた。盤面を見た一眞が、目を細める。

「これ、海外のええとこのブランドのやつやん」

「村田さんからのプレゼントやったけど、もういらへん！　カズ君、不要品を引き取って、人にあげてるやろ？　その時計も、誰かにあげちゃってよ」

花菜には、亜紀がかなりやけくそになっているように見えた。

（高い時計みたいだし、勢いでそんなことを言って、本当にいいのかな……）

心配している花菜の隣で、一眞と亜紀の会話は続いている。

「あげてもええんやったら、そうするけど」

「ええよ！」

「ブランド品買い取りに売ればええのに」

「面倒くさい。値段つかへんかったら恥ずかしいし、余計に嫌な思いしたくない」

亜紀はうんざりした口調で言った後、椅子から立ち上がった。

「カズ君に引き取ってもろて、せいせいした。営業時間中にごめんね。もう帰るね」

「またゆっくりお茶にでも来て」

「ありがとう」

亜紀が軽く手を振り、店を出ていく。

姿が見えなくなった後、心配のあまり、花菜はぽつりとつぶやいた。

「……亜紀さん、大丈夫なのかなぁ……」

そのつぶやきが聞こえたのか、一眞が振り向く。

「まあ、亜紀ちゃんと彼氏さんの問題やしね。僕らが何かできるわけやないし」

（……そうだけど）

一眞は少し冷たいのではないかと、もやっとする。

「亜紀さんって、常連さんなんですか？」

「僕の幼馴染み。この近くに住んでるんやで」

「そうだったんですね」

どうりで親しいはずだ。

「しまった。花菜さんのこと、紹介すればよかった。しゃあない、今度、来た時に、結婚したって言おう……」

一眞のひとりごとを聞きながら、花菜はテーブルの上に残された腕時計に目を向けた。オーバル型の盤面で、十二時の位置に小さな宝石がはめ込まれたジュエリーウォッチだ。

「可愛い時計……」

何気なく手に取った瞬間、花菜の頭の中に、口元を手で覆い驚いた後、輝くような笑顔で「ありがとう！」とお礼を言う、亜紀の姿が映った。

『これ、すごく欲しかったんです！　どうしてわかったんですか？』

興奮した様子で尋ねた亜紀に、目の前にいた男性が照れくさそうに答える。

『前に雑誌で見て、可愛いって言ってただろ？　同じ雑誌買って、店調べて、買いに行ってきたんだ。店員に写真を見せて、これと同じ物くださいって言うの、ちょっと恥ずかしかった』

（これって、亜紀さんがこの腕時計をもらった時の様子……？　この時計の思い出の記憶……？）

花菜は、目をつぶって意識を集中させた。

待ち合わせの恋人を待つ、亜紀のそわそわとした様子、幸せなデートの時間が終わり、寂しく自宅へ帰る様子などが、腕時計の視点で脳裏に浮かぶ。その光景から伝わってくるのは、亜紀の恋心だ。

（この腕時計は、亜紀さんのそばで、恋をする彼女を見守ってきたんだね。彼氏からサプライズプレゼントされた腕時計は、亜紀さんにとって、とても大切な物だったんだ。それなのに、もういらないって……）

大切にされていたのに、持ち主から不要だと言われてしまった腕時計が可哀想になり、花菜の胸が痛んだ。

腕時計を手に、ぼんやりしている花菜に気が付き、一眞が不思議そうにこちらを向いた。

「どうしたん？　花菜さん」

花菜は我に返り、

「あ……ちょっと今、この時計と亜紀さんの……ううん、なんでもないです」

腕時計の思い出を見ていたと言いかけて、言葉を濁す。こんなこと、説明したところで、理解してもらえるわけがない。

「一眞さん、この腕時計、本当に誰かにあげてしまうんですか？」

「亜紀ちゃんが『いらへん』って言うてたしね。ちょっと使用感あるけど、可愛いし、すぐに欲しい人、現れるんとちがうかな」

そう言いながら、一眞はエプロンのポケットからスマホを取りだした。花菜の手から腕時計を取り上げ、テーブルの上に置き直す。様々な角度から写真を撮った後、長い指を液晶画面に滑らせて、スマホを操作し始めた。

「何してるんですか？」

気になって聞いてみると、

「うちの店のSNSに、この時計の写真、載せてるねん」

という答えが返ってくる。

「SNS？」

「お店の宣伝がてら登録してて……」

一眞が名前を挙げたのは、実名登録制のSNSだった。

「普段は、今週のランチセットのメニュー内容なんかを載せてるんやけど、時々、うちに集まってきた不要品の写真も載せてて……ほら、さっきの時計の写真、さっそく投稿してみたで」

一眞からスマホの画面を見せられる。『縁庵』のタイムラインの中に、「欲しい人いませんか？　外国有名ブランドのジュエリーウォッチ。お問い合わせはDMにて。先着順ではありません」という文面が投稿されている。亜紀が置いていった腕時計の写真も添付されていた。

「この店に持ち込まれる不要品、放っておいたら溜まる一方やし、こうして、もらい手を募集してるねん」

一眞の説明に、花菜は「なるほど」と頷いた。会話をしている間に、ダイレクトメッセージが届いたという通知が入る。

「一眞さん、何かメッセージがきたみたいですよ」

「反応が早いね」

一眞がスマホを操作し、ダイレクトメッセージのチェックを始める。その様子を、花菜は複雑な思いで見つめた。

（亜紀さんの想いが詰まった大切な腕時計、そんなに簡単に、人にあげちゃっていいの？）

「その腕時計、どんな人に譲るつもりですか？」

いい加減な相手にはもらわれてほしくないという気持ちで聞いてみる。すると一眞は、

「条件のいい人かな」

と、答えた。

「条件？」

「後で文句を言ってきたりしそうな、ややこしそうな人はお断りしてる。お礼をくれるっていう人やと、嬉しいかな」

「ああ、そういうこと……」

（ドライだなぁ……）

一眞は不要品を譲る時、お菓子やお酒をもらうこともあると言っていた。一眞にとって、ここにある物たちはあくまで不要品で、時に物々交換の品でしかないのだと実感する。

なんだか悲しい気持ちになって、花菜はそれ以上は何も言わず、亜紀が使ったグラスを手に取ると、キッチンへ運んだ。

＊

数日後。『縁庵』の定休日。

一眞は、花菜の引っ越しを手伝ってくれた友人にお礼をするのだと言って、出かけていった。どうやら、友人が前から興味を持っていたレストランで、ランチをごちそうする約束になっているらしい。花菜も誘われたが、学生時代からの男友達同士のランチに割り込むのもどうかと思い、遠慮した。

（本当は、私がお礼をしなきゃいけないんだろうけど）

気がきかなかった自分を恥ずかしく思う。

（そうだ。何かお礼の品を買ってきて、今度、一眞さんに持っていってもらおう）

花菜は部屋着から外出着に着替えると『縁庵』を出た。

（一眞さんのお友達、確か、高校時代の同級生だったっけ……）

一眞と同い年なら、二十九歳だということになる。

（大人の男の人にあげる品って、何がいいんだろう）

考え込みながら、御幸町通を下る。

とりあえず、デパートに行ってみようと思い、四条通まで来ると、交差点に立つ店に向かった。

ガラス扉を入り、二階まで吹き抜けになっているフロアを横切ろうとした花菜は、「あれっ？」と声を上げた。

「亜紀さん？」

花菜の声に気付き、細身のパンツ姿の女性が振り返る。

「あら、『縁庵』のスタッフさん。こんなところで奇遇やね」

亜紀は花菜を覚えていたのか、にこっと笑った。

「お買い物？」

花菜のそばまで来て、気軽な口調で尋ねる。

「お世話になった人に、お礼の品を渡そうと思って、買いにきたんです」

「そうなんや」

「亜紀さんもお買い物ですか？」

「うん。化粧水がなくなったから買いにきてん。そういえば、あなたって、いつから『縁庵』で働いてるの？」

「先日、亜紀さんがいらした日からですよ」

花菜の答えに、亜紀は目を丸くした。

「そうやったん！　そしたら私は、あなたの記念すべき『縁庵』でのアルバイト初日に、お店に行ったわけやね。どう？　もう仕事には慣れた？」

亜紀に問われて、花菜は迷った後、

「私、アルバイトじゃないんです。……実は、一眞さんと結婚していて……」

と、正直に話した。一眞も亜紀に報告すると言っていたし、隠すよりも本当のことを言ったほうがいい。花菜の告白に、亜紀は「ええっ！」と驚きの声を上げた。

「カズ君、結婚したん？　いつの間に！」

亜紀の大声に、周囲の人の視線が集まる。花菜は慌てて「しーっ」と唇に指を当てた。

「ごめんごめん。ちょっと驚いてしもた。そっかぁ、好青年なのに結婚の気配がないとご近所さんから散々言われていた、あのカズ君がねぇ。あなたがお嫁さんかぁ……」

まじまじと花菜を見る亜紀の視線が居心地悪く、花菜はもじもじと両手の指を組み合わせた。

「結婚式はしてへんの？　私、呼ばれへんかったわ」

拗《す》ねている亜紀に、

「していないです。……たぶん、これからもしないのではないかと……」

と、話す。

「ええーっ！　そうなん？　そしたら、写真ぐらい撮ったらどう？　思い出になるよ」

　強く勧められたが、

「たぶん、写真も撮らないと思います」

　と、苦笑いを浮かべる。

「せっかくなのにもったいない！　カズ君が乗り気やないいん？　それやったら私が言ってあげようか？　――ああもう、こんなところで立ち話もなんやわ。喫茶店に行こっか！」

　亜紀が花菜の手首を握り、強引に連れていく。

「ちょ、ちょっと待ってください、亜紀さん！」

「ええと、確か上の階にカフェがあったはず……」

　亜紀に引っ張られるままにエスカレーターに乗る。花菜は観念した。好奇心の権化《ごんげ》となった亜紀から、逃げられそうにない。

　エスカレーターで数階上がり、二人はシアトル系のカフェに入った。花菜がロイヤルミルクティーを注文し、亜紀はカフェラテを頼む。カウンターで飲み物を受け取ると、ソファー席に陣取った。

「で、二人の出会いは？」

　カフェラテを飲むのもそこそこに、亜紀が身を乗り出して聞いてくる。

花菜は一眞と考えた「花菜が『縁庵』の常連で、店に通ううちに一眞と仲良くなった」という設定で話をした。亜紀が不思議そうに、

「そうやったんや。私もよく『縁庵』に行くけど、花菜さんとは一度も会ったことがないね」

と、鋭い突っ込みを入れ、花菜はひやりとした。

「お店に行く時間帯が、違っていたんじゃないでしょうか」

「そうかもね」

亜紀が納得したように頷く。

「カズ君との生活はどう？　あの人、ちょっと変わってるやろ？」

「変わってるって、もしかして、なんでも不要品を引き受けるところですか？」

『縁庵』の物だらけの店内を思い出しながら聞くと、亜紀は「そう」と相づちを打った。

「カズ君のお人好しにも呆れるけど、引き受けてもらえるからって、あれこれ持ち込むご近所さんたちも図々しいよね。まあ、腕時計を押しつけた私も同じやけど……」

亜紀は肩をすくめた後、

「そういや、あの腕時計、どうなった？　誰か引き取ってくれる人は現れた？」

と、聞いてきた。

「一眞さんが、SNSにもらい手募集の投稿をしたら、すぐに決まりました。確か、女子大生さんだったかな。明日、取りに来るらしいって、一眞さんが言ってました」

花菜が教えると、亜紀は「そう……」と寂しそうな顔をした。花菜は亜紀に向かって、心に引っかかっていた質問を投げかけた。

「亜紀さん、あの腕時計、本当に手放してよかったんですか？　彼がサプライズプレゼントしてくれた、大切な物だったんじゃないんですか？」

「えっ？　その話、なんで知ってるん？」

亜紀の驚いた顔を見て、花菜は「あっ！」と気が付いた。腕時計を持って来た日、亜紀は「恋人だった男性からのプレゼント」とは話していたが、「サプライズプレゼントだった」とは言っていない。花菜は慌てて、

「なんとなく、そうかなって思ったんです」

と、誤魔化《ごまか》した。

怪訝《けげん》な顔をしていた亜紀が、すぐに「ああ、そうか」と納得した表情を浮かべた。

「もしかして、カズ君が言うてた？　よく覚えてへんけど、私、その話を前にカズ君にしてたんかもしれへん」

「そ、そうです！　一眞さんから聞いたんです！」

花菜は亜紀の誤解に乗っかった。ここは、そういうことにしておこう。

「確かにあの腕時計は、彼氏がサプライズでプレゼントしてくれた物なの。私にとっては、大切な宝物やったけど、いつまでもあれを持ってたら、彼のこと、吹っ切れへんような気がして……。手放して、気持ちに整理をつけたいねん」

やるせないように、亜紀が嘆息する。

「亜紀さん、まだ間に合いますよ」

言外に「腕時計を返しましょうか」と言っている花菜に、亜紀は首を横に振ってみせた。

「ううん、本当にもうええの。ただ、よかったら、どんな人がもらってくれたのか、教えてくれたら嬉しいな」

亜紀の言葉に、花菜は少し寂しい気持ちで、

「わかりました」

と、頷いた。

＊

亜紀とカフェでおしゃべりをした翌日。

忙しいランチタイムが過ぎ、ゆったりとした時間帯。

うだ。

『縁庵』に、若い女性客がやってきた。流行の髪型に服装。見たところ、大学生のよ
花菜が席へ案内し、抹茶パフェの注文を受けた後、彼女が話しかけてきた。

「あのう、すみません」

「はい？　なんでしょうか」

「SNSに載っていた腕時計、取りにきたんですけど」

（あっ、この人が、亜紀さんの腕時計をもらいにきた人なんだ）

一眞から、亜紀の腕時計は、『縁庵』のアカウントをフォローしている女子大生に譲ることになったと聞いていた。

花菜は急いでキッチンへ向かうと、一眞に声をかけた。

「一眞さん。抹茶パフェのオーダーが入りました。亜紀さんの腕時計を取りにこられた方からです」

洗い物をしていた一眞が振り返る。

「そういえば、今日来はる予定やったっけ」

水を止めて手を拭き、一眞がキッチンから出てくる。

カウンターテーブルの隅に置いてあった腕時計を手にした一眞を、女子大生のもとへ案内する。花菜は、スマホをいじっている女子大生を手のひらで示して、

「あの方です」

と一眞に囁いた。

一眞が頷き、

「こんにちは。腕時計、取りに来はった狭山《さやま》さんですか？」

と声をかける。

女子大生が顔を上げて、「はい、そうです」と答えた。

「さっそくですが、お話ししていたのは、こちらの時計になります」

一眞が、手にしていた腕時計を差しだした。狭山が受け取り「わぁ！」と弾んだ声を上げる。

「可愛い！」

「ＳＮＳに書いていたとおり、中古ですけど、いいですか？」

「タダでこんな高い時計をもらえるなら、全然いいですよ！　何回か使うだけでも、お得だし」

（お得って、何それ……）

亜紀の大切な宝物だった腕時計は、彼女にとっては、使い捨てのただの物でしかないことに、花菜の胸が痛んだ。

「ほな、どうぞ。お持ち帰りください」

「ありがとうございます！　よかったらこれどうぞ」

狭山は腕時計をテーブルに置くと、隣の椅子に載せていた紙袋を手に取った。一眞のほうへ差しだす。紙袋には、有名な洋菓子店のロゴが入っている。

「気を使うてくれはって、おおきに。遠慮なくいただきま……」

一眞が紙袋を受け取ろうとした時、

「待って！」

花菜は二人の会話に割り込んだ。一眞と狭山が、びっくりした様子で花菜のほうを向いた。

「あ、あのっ、その腕時計、もとの持ち主がとても大切にしていた物でっ！　恋人からのサプライズプレゼントで、毎日身に着けていた物なんです！　その時計には、その人の恋の思い出が詰まっているんです！」

前のめりになって、腕時計に込められた想いを説明する。

花菜の話を聞いた狭山の表情が、困惑したものへと変わっていく。

「だから、大切にしてほしくてっ……」

花菜の願いむなしく、狭山が小さな声でぼそっとこぼした。

「……重っ」

意味がわからないというように、呆れた表情を浮かべる。

「そんな大切な物なら、手放さなければいいのに」

花菜は、やや怯《ひる》みながら、

「その人、恋人と別れることになったんです。未練を吹っ切るために手放されたんです」

と、付け足した。

「うわ、縁起わる……」

狭山は眉間に皺を寄せた。一眞に差しだしていた紙袋を引っ込める。

「やっぱり、その時計、もらうのやめます」

「えっ」

一眞が目を瞬かせた。

「いいんですか？」

「いいです。欲しいって気持ちが薄れちゃいました」

狭山はさばさばとした様子で、そう言った。

「そうですか」

一眞があっさりと、狭山がテーブルに戻した腕時計を取り上げる。

「抹茶パフェ、すぐにお作りしますね」

にこやかに微笑んで、テーブルに背を向ける。

花菜は狭山に頭を下げると、一眞を追った。

キッチンでは、一眞がパフェグラスを用意し、抹茶パフェを作る準備を始めていた。

「あ、あの……」

不機嫌そうな雰囲気を感じ、花菜はおずおずと声をかけた。

「すみません、私、余計なことを言ってしまいましたか……？」

冷蔵庫から抹茶ゼリーを取りだしながら、一眞が答える。

「あんなふうに言われたら、もらってくれるって言うてはる人が、重たく感じるの、当たり前やん？」

「そうかもしれませんけど……でも……」

口ごもった花菜に、一眞は続ける。

「物は所詮、物でしかないで。どんな思い出が詰まっていようとも、他人には関係ない」

他人にとってはそうだろう。けれど、花菜には見えてしまう。物に宿る想いが――

複雑な気持ちで、花菜は一眞に背を向けた。さりげなくピッチャーを手に取り、フロアへ戻る。

（一眞さんには、物に残る思い出が見えない。彼には彼の考えがあって、不要品を引き取っているんだから、私があれこれ言うべきじゃない）

そう自分に言い聞かせ、花菜は、客席の空いたグラスに水を注いで回った。

その日の夜、晩ご飯を食べた後、花菜は早々に自室に入った。

指輪を撫でて目を閉じる。指輪に残る思い出は、いつも見えるわけではない。集中していたら、脳裏に幼い自分の姿が浮かんだ。

その隣で、黒いワンピース姿の母が骨箱を抱えて泣いていた。

『あなた……』

指輪に触れて垣間見る母の思い出はランダムだ。時には既に見たことのある光景だったり、時には新しく見える光景だったりする。今日の光景は以前にも一度見たことがある、父が亡くなった時の母の姿だった。

悲しい思い出を見ると胸が痛くなる。けれど、父と母の姿を見せ、声を聞かせてくれる指輪は、花菜にとってかけがえのない物だった。母が亡くなった後に目覚めた、「物」に宿る思い出を読み取ることができるという能力は、花菜が孤独にならないために、母が授けてくれたギフトなのかもしれない。

『物は所詮、物でしかない』

一眞の言葉が胸に刺さっている。

（……そういえば、あのランプ、どうしたのかな……）

一眞と出会った日、花菜が不注意で割ってしまったランプを思い出した。ドライな一眞のことだ。捨ててしまったのかもしれない。二百万円すると言っていたが、点かないランプなど、一眞にとっては、それこそ不要品だろう。

(あのランプには、一眞さんのお母さんの思い出が残っていた)

花菜が割らなければ、あのランプはまだ『縁庵』にあり、一眞を見守っていたはずだ。自分のしでかしたことをあらためて反省し、落ち込む。

(くよくよ考えていてもしかたがない。寝よう……)

布団を敷いて中に潜り込み、目をつぶる。

その夜の夢は、母の夢だった。

目の前に、大勢の顔があった。皆、口々に叫んでいる。

『大丈夫ですか!』

『誰か、救急車呼んで!』

『おい! スマホを向けるな!』

騒然とする中で、若い男性がAEDを持って走ってきた。他の女性が、母の着ていたブラウスのボタンに手を伸ばす。

『お母さん! お母さんを助けて! お願い……!』

花菜は泣きながら母に声をかけ、周囲の人に懇願した。

「お母さん！」

自分の声に驚いて、花菜は目を覚ました。

心臓がどくどくと脈打っている。嫌な汗をかいている。頬は涙で濡れている。

両手で顔を覆い、嗚咽《おえつ》を漏らした。

花菜の母は仕事帰りに路上で突然倒れ、そのまま亡くなってしまった。

花菜はその時、学校に行っていて、現場にはいなかった。母が倒れた場面を見たわけではない。

けれど、何度も同じ夢を見る。おそらく、母の指輪が、持ち主の死の瞬間を記憶しているのだろう。

朝から午前中にかけてはホテルの清掃員として働き、午後から夜にかけてはファミリーレストランで働いていた母は、いつも疲れた顔をしていた。それでも、家に帰ってきたら、花菜が作ったご飯を笑顔で食べてくれた。

母が生きていた頃、花菜は、母が倒れるほど無理をしてくれていたことに気付いていなかった。

自分もアルバイトをすればよかった。『花菜は何も心配しなくていいから、一生懸命勉強をして。行きたい大学が決まったら教えてね』と言っていた母。その言葉に甘えすぎていた。

「ごめんね、お母さん……」

「花菜さん?」

泣いていると、戸の向こうから名前を呼ばれた。

「どうしたん?　大丈夫……?」

遠慮がちに声をかけられ、花菜は身を起こすと、

「……なんでもないです……」

と、答えた。

「……そう?　何か心配なことがあるなら言って」

「本当になんでもないです」

花菜が同じ言葉を繰り返すと、しばらくして、一眞の気配は消えた。

花菜は手の甲で頬を拭い、再び横になった。

一眞が隣の部屋にいるのだと思うと、ほんの少しほっとした。


朝起きてダイニングに行くと、一眞は普段どおりに朝食を作っていた。

「おはよう」と爽やかに挨拶をされ、花菜も「おはようございます」と返す。

「昨夜は……」

どうしたのかと尋ねられるよりも早く、花菜は、

「昨夜は起こしてしまってごめんなさい。ちょっとホームシックになってたんです」

と、説明した。

「ホームシック？」

「一人暮らしだったとはいえ、母と一緒に過ごしたアパートだったので、離れてみると寂しくなってしまって」

「そうなんや……」

一眞は神妙な面持ちで花菜を見つめた。心配してくれるまなざしがいたたまれず、無理矢理、弾んだ声を上げる。

「でも、大丈夫ですから！　朝ご飯、おいしそう！　今日はフレンチトーストなんですね」

「朝から甘い物って食べられる？」

「甘い物、大好きです」

「ほな、これも足しておくわ」

メープルシロップをたっぷりかけられ、花菜は今度は心から「おいしそう！」と言って、両手を合わせた。

朝食後、軽く家事をしてから、一階へ下りる。いつもどおり『縁庵』を開店させた後、花菜は無心に仕事に励んだ。

閉店時間が近くなり、全ての客が出ていくと、一眞が花菜に声をかけた。

「花菜さん。もうお客さんも来はらへんやろうし、早いけど、閉めよか」

本棚の整理をしていた手を止め、「はい」と答える。

今日は、数人の客が古書を持ち帰っていた。古書を引き取ったり、譲ったりはするものの、一眞自身は、書店で新本を購入するほうが好きらしい。

のれんを下ろそうと外に出ようとしたら、いきなり目の前で戸が開き、花菜は「きゃっ」と身を引いた。

「ごめんなさい！」

反射的に謝った花菜に、店に入ろうとしていた相手も謝罪した。

「すみません！」

パンツスーツ姿の若い女性で、新卒の社会人といった雰囲気だ。会社帰りなのだろうか。

閉店しようとしていたところだったので、新しくやって来たお客様を招き入れてもよいものなのか、お伺いを立てるように一眞を振り返ると、一眞は女性に向かってにこやかに挨拶をした。

「いらっしゃいませ。お一人様ですか？」

「はい、一人です」

女性の返事を聞き、花菜は彼女を窓際のテーブル席へ案内した。女性は『縁庵』に来るのは初めてなのか、物だらけの店内に驚いた様子で、きょろきょろしている。

メニューとお冷やを運び、

「お決まりになりましたらお声がけください」

と言って、テーブルを離れようとしたら、女性が花菜を引き留めた。

「すみません。私、SNSで見て来たんです」

「もしかして」とピンとくる。女性は、花菜の予想どおりの言葉を口にした。

「欲しい人を募集していた腕時計って、まだありますか？」

「ありますけど……少々お待ちください」

新しく現れたもらい手に、腕時計を渡していいものなのか確認しようと、花菜は一眞のもとへ向かった。

「一眞さん、今日も、亜紀さんの腕時計が欲しいっていう方がこられてますけど……何か聞いてますか？」

「えっ、そうなん？　特に問い合わせはなかったんやけどな。とりあえず、話聞いてみよか」

一眞が、カウンターテーブルに置いてあった腕時計を手に取る。女性のもとへ向かう一眞の後に、花菜も付いていった。

「ＳＮＳを見て、来てくれはったんですか？　僕は、この店のオーナーで、進堂といいます」

一眞に向かって、女性が軽く会釈をする。

「私は久保《くぼ》といいます。昨夜、偶然、こちらのお店のＳＮＳを拝見しまして、腕時計のことを知ったんです」

久保は、そう言うと、窺《うかが》うような表情を浮かべた。

「欲しかったらいただけるって本当ですか？」

「ええ。差し上げますよ。こちらになります」

一眞が腕時計をテーブルに置くと、久保は目を輝かせた。

「わぁ！　これです！　本当にいただいてもいいですか？」

弾んだ声を上げた久保を見て、花菜は複雑な気持ちになった。

（この人は、亜紀さんの腕時計を、大切にしてくれる人なのかな……？）

それとも、使い捨てにする人だろうか。

不安な気持ちで一眞の顔をちらりと見上げる。一眞が久保に向かって、

「昨夜、うちの店のＳＮＳを見てくれはったんですよね。それやったら、この時計の持ち主だった人の事情も知ってはりますよね？」

と、問いかけた。

（えっ？）

一眞の言葉を聞いて、花菜は目を瞬いた。昨日の女子大生には、そんな確認をしていなかったのにと、怪訝に思う。

久保は、にこっと笑った。

「知っていますよ。投稿内容、ちゃんと読みました。この腕時計の持ち主だった方が、別れた恋人に贈ってもらったプレゼントだったんですよね。とても大切にしていたから、同じように大切にしてくださる方にお譲りしたいと……」

（この間、一眞さんがＳＮＳに投稿した内容に、そんなことは書いていなかった……！）

花菜は慌てて、エプロンのポケットからスマホを取りだした。ＳＮＳアプリを開き、『縁庵』のタイムラインを確認する。亜紀の腕時計に関する最初の投稿は消されていて、昨夜、あらためて、新しい記事が投稿されていた。

（亜紀さんが、この腕時計を大切にしていたってことが、ちゃんと書かれてる……）

亜紀のことは特定できないよう、プライバシーに配慮された投稿内容だったが、もとの持ち主の想いが伝わるような説明だった。事情を納得し、大切にしてくれる人に譲りたいと書かれていた。

久保が、腕時計を手に取った。

「好きだったけれど別れた人がプレゼントしてくれた物を、手元に置いておくのがつらいって気持ち、私もわかるなぁって思ったんです。私も、同じようなことをした覚えがあるから。私の場合、元彼からもらったバッグを、フリマアプリで売っちゃったんですけど、思い入れのある物だったし、ちょっと後悔したんですよね。売った後、どんな人の手に渡ったんだろう、大事に使ってくれたらいいなって思いました。人手に渡ってしまったら、もうその人の物だから、どう扱われても、こっちは文句を言えないのにね」

後悔を滲《にじ》ませて、久保が笑う。

「実は私、この腕時計、ずっと欲しいなって思っていたんです。雑誌で見て一目惚れしたけど、高いから買うのを迷っている間に売り切れてしまって。限定品だからもう手に入らないし……。それからずうっと忘れられなくて。そうしたら、昨夜、たまたま見ていたSNSに、この腕時計の写真が載っていたから、びっくりしたんです！」

久保は、目を輝かせて一眞を見上げた。

「しかも『差し上げます』って書いてある。実は今までも、フリマアプリで同じ物を探してみたことがあるんですよ。でも、見つからなくって。私、その腕時計をいただけたら、大切にします」

久保の言葉を聞いた一眞が、ふっと微笑んだ。花菜のほうへ視線を向ける。「この人にあげてもええ？」と確認するように。

花菜は、こくんと頷いた。

「では、どうぞ、お持ち帰りください」

「ありがとうございます」

久保が嬉しそうに笑った。さっそく手首に腕時計を着ける。盤面がキラリと光り、花菜にはまるで、腕時計が新しい持ち主を喜んでいるかのように感じられた。

「あっ、そういえば、何も注文せずにごめんなさい」

メニューを開き、久保は視線を走らせると、

「この、おむすびランチセットっておいしそうですね。さすがに、この時間だと、もうないですよね」

と、指を差した。

花菜は「すみません」と頭を下げた。

「今日は品切れです」

「そっか、残念。……おむすび……ふふっ、なんだか面白い」

久保が口元に手を当てて笑った。「何が面白いのだろう」と、首を傾げた花菜と一眞に、久保が茶目っ気のある笑みを向ける。

「このカフェって、まるで、物と人とのご縁を結ぶカフェみたい。今度は昼間に来て、

おむすびランチセットを注文しますね。今日のところは、抹茶ラテで」

花菜と一眞は顔を見合わせた後、

「ぜひ」

「お待ちしています」

と、微笑んだ。

第二章　形だけの夫婦

「なあ、花菜ちゃんと一眞は、結婚式を挙げないのか？　俺、二人のキスシーン撮りたい」

唐突にそう言われ、カウンターテーブルにコーヒーを運んでいた花菜は、危うく、一眞の知人、飯塚圭司《いいづかけいし》の膝の上に中身をこぼしそうになった。

「な、なんですか、いきなり！　びっくりした！」

ソーサーの上でかちゃかちゃと音を立てたカップを、慌てて押さえる。気を取り直し、注意深く圭司の前にコーヒーを置いた花菜に、圭司が悪戯っぽく笑いかける。

「結婚なんてめでたいことなんだから、祝いたいだろ？」

「そんなこと言うて、どうせ、僕らを写真のモデルにしたいだけなんでしょう？」

キッチンの中から、一眞が呆れた声を出す。

長めの髪を首元で結んだ圭司は、四十歳手前の男盛り。職業はフリーのカメラマン。もともとは写真スタジオに勤めていたらしいが、数年前に退職して、今は前職の経験を活かし、主にウェディングフォトや物撮りなどの撮影をしているらしい。一眞とは、『縁庵』のメニュー写真を撮った縁で繋がったそうだ。

「はは、バレたか」

圭司が人懐っこい顔で笑った。

「SNSに載せたりして、宣材写真に使いたかったんだけどな。駄目か？」

「私、自分の写真がSNSに載るの、嫌です……」

「じゃあ、パンフレットとか」

「お断りします」

「花菜ちゃん可愛いから、ウェディングドレスを着たら、絶対写真映えするのに」

残念そうな圭司を見て、花菜は「断って申し訳ないな」と思ったが、不特定多数の人間に自分の写真を見られるのは抵抗がある。

「まあ、写真撮影云々はともかくとして、本当に挙式しないの？」

話を最初に戻した圭司に、一眞がきっぱりと答える。

「しぃひんつもりです」

花菜もこくんと頷いた。

(私たち、形だけの夫婦なんだし、いつか離婚するんだから、結婚式をするのもおかしいもんね)

「まあ、挙式しなくても写真は撮れるし、記念撮影したくなったら、いつでも言って。広告には使わないからさ」

圭司の申し出に、花菜は社交辞令で「その時はよろしくお願いします」と答えた。

今はランチタイムが過ぎ、お茶の時間には少し早い時間帯。食後のコーヒーを飲んでまったりしているお客様ばかりなので、花菜と一眞も、こうしてのんびりと圭司とおしゃべりができる。

「あ、この写真集、まだ置いてくれてるんだ」

圭司が、カウンターテーブルに置かれていた写真集を手に取った。懐かしそうに目を細める。

「それ、飯塚さんの写真集だったんですね」

「うん。写真スタジオに勤めている時に、趣味で作ったんだ」

「私、雪の嵐山《あらしやま》の写真が好きです。水墨画の世界みたい」

「これ？」

圭司が写真集をめくり、渡月橋《とげつきょう》の写真を見せる。日頃は観光客で溢れて賑やかな嵐山だが、この写真の中ではしんと静まりかえり、幻想的な雰囲気を漂わせている。

「僕は伏見稲荷大社《ふしみいなりたいしゃ》の千本鳥居《せんぼんとりい》の写真が好きかな。夜の撮影は怖かったんとちゃいますか？」

「ビビりながら撮ったよ」

そんな話をしていると、ふいに入り口の戸が開き、

「一眞君、これ、もらってくれへんか」

大きな声とともに、年の頃七十代ぐらいの男性が入って来た。細身で背が高い。名前を大澤豊《おおさわゆたか》といい、錦市場で乾物屋を営んでいる男性だった。

「豊さん、今日は何を持って来はったんです？」

カウンター席に歩み寄ってきた豊に、一眞が気さくに返すと、豊は提げていた紙袋の中身を、一つ一つ、カウンターテーブルの上に並べだした。

ポラロイドカメラ、フロッピーディスク、演歌のレコード、どこかの観光地のペナント……。一眞と圭司は、「フロッピーディスクなんて、久しく見てへんかったなぁ」「おおっ、こういう旗、実家にあるわ！」などと言って盛り上がっているが、花菜には馴染みのない、めずらしい物ばかりだ。

花菜はポラロイドカメラを手に取った。ずっしりと重い。四角い形をしていて、レンズがどこにあるのかわからない。

どうやって撮るのだろうと首を傾げていたら、圭司が横から手を出し、

「このタイプは、ここが開くんだよ」

と、ガコッと蓋を動かした。

「わっ、レンズが出てきた！」

「そこの窓から対象物を覗《のぞ》いて、シャッターボタンを押したら、下から写真が出てく

るんだ」

　圭司が指差した覗き穴に目を付ける。一眞を見たつもりだったのに、花菜の目に映ったのは、見知らぬ子供たちの姿だった。

『お父さん、昌子《まさこ》もしゃしんとりたい！』

『ぼくもー！』

　五歳ぐらいの女の子がこちらに向かって手を伸ばし、ポラロイドカメラを取り上げようとした。負けずに三歳ぐらいの男の子も近付いてくる。

『ははっ！　昌子、勲《いさお》。後で撮らせてやるから、そこに並びなさい』

　朗らかな声に促されて、女の子と男の子が肩を並べる。シャッター音がして、フラッシュが焚かれた。眩しさに驚いて、花菜も思わずシャッターボタンを押した。覗き穴から目を離すと、視線の先には、女の子と男の子の姿はなく、見慣れた『縁庵』のキッチンの中に一眞が立っていた。

「あ……」

　ぼんやりとしている花菜に、一眞が不思議そうに問いかける。

「どうしたん、花菜さん？」

　花菜は、ハッと我に返り、手にしたポラロイドカメラに視線を向けた。

（今のは、このカメラの記憶？）

「写真、出てきませんでした」

花菜が残念な気持ちでそう言うと、豊が肩をすくめた。

「ずっと使うてなかったし、フィルムも入ってへんからね」

「ポラロイド社はだいぶ前に廃業してて、正規のフィルムはもう売ってないんだよ。互換商品があるけど、結構高い」

圭司の補足に、豊が「実用的やないやろ?」と苦笑する。

(さっきの女の子と男の子って、豊さんの娘さんと息子さんなのかな? きっと、このポラロイドカメラで、たくさん写真を撮ってあげたんだろうな……)

家族の幸せな記憶を宿したポラロイドカメラ。今まで手元に残してきたのは、豊にとって大切な思い出の品だったからなのだろう。

「まあ、いつまでも置いておいてもしゃぁないしな……。一眞君、これ、誰か『欲しい』て言わはる人がいたらあげて。いいひんようやったら、捨ててくれたらええし」

豊に頼まれて、一眞が「わかりました」と頷く。

「でも、豊さん。フロッピーディスクは引き取れませんよ」

「え、そうなん?」

きょとんとした豊に、一眞が苦笑を向ける。

「個人情報入ってたらあかんでしょう」

「ああ～……まあ、そうやなぁ。ほな、持って帰って捨てるわ」

テーブルの上からフロッピーディスクを取り上げ、紙袋に戻している豊に、圭司が声をかけた。

「豊さん、このポラロイドカメラ、俺がもらっていいっすか」

「圭司君、プロのカメラマンやろ？　ええ機種、いっぱい持ってるんとちゃうん？　こんな古いおもちゃみたいなカメラ、持っててもしゃあないやろうに」

不思議そうな豊に、圭司は笑顔で答えた。

「今はデジタルで加工もできるけど、こういうカメラって、撮ったまんまじゃないですか。それが面白くていいなと思って」

圭司の言葉に感じるものがあったのか、豊の顔に笑みが浮かんだ。

「そうか。圭司君がもろてくれるんか。そりゃええわ」

嬉しそうな豊を見て、花菜も胸の中が温かくなった。

誰かの大切な物が、大切にしてくれるであろう誰かの手に渡る。その瞬間に立ち会えたことが嬉しい。

「豊さん、今度、ポラロイドカメラのお礼に、実家で作ったお米持ってきます」

圭司の申し出に、豊が目を丸くする。

「ええんか？」

「実家が米農家なんですけど、食べきれないぐらい送ってくるんですよ。一眞にも持ってくるわ。仲介のお礼」

「仲介ゆうても、今回は特になんもしてへんけど、ありがたくいただきます」

一眞がちゃっかりとお礼を言う。

「ああ、そうそう。もひとつ一眞君にお願いがあってん」

豊が「忘れるところやった」と一眞を見た。

「女房が通ってるネイルサロンの店員が、お袋さんの遺品を処分したいらしくてな。どうしたらええやろて相談されたから、ここのこと、紹介したって言うてたわ。そのうち来はると思うから、あんじょうしてあげてくれへんか」

一眞が軽い調子で、「わかりました」と引き受ける。

「それやったら、事前に電話してもらうよう、言うといてくれはりますか？　物が多いなら、定休日に来てくれはったほうがいいですし。これ、店の名刺です。ここに電話番号載ってますから」

「ほな、そう言うとくわ。嫁さんとアルバイトに店任せてきたから、そろそろ帰るわ」

一眞が差しだした名刺を受け取り、豊が『縁庵』を出ていくと、花菜は一眞を振り返った。

「不要品、引き受けるんですか？」

「豊さんの頼みやし」

一眞のもとに不要品が持ち込まれるケースは、このように、誰かの紹介であることが多い。もらい手がつかないと予想される物、壊れた物、家電製品などは、基本的に断っているとはいえ——

「また『縁庵』に物が増えますよ」

花菜が呆れると、一眞はのんきに答えた。

「そうやね。でもまあ、ＳＮＳで募集かけたら、もらい手は見つかるんとちゃうかな」

圭司が二人のやり取りを聞いて笑っている。

「仲いいな。さすが新婚」

「そうでしょう？」

一眞がしれっと返事をすると、圭司は「はいはい、ごちそうさま」と言って、肩をすくめた。

「それじゃ、俺もそろそろ帰るわ。コーヒーごちそーさん。またね、花菜ちゃん」

椅子から立ち上がって、ひらりと手を振り『縁庵』を出ていく圭司を、花菜はお辞儀をして見送った。

（飯塚さん、私たちのこと、なんだと思ってるんだろう……って、夫婦か）

戸籍上、花菜と一眞は夫婦だ。けれど、限りなく他人だ。

一眞と暮らして数週間が経ったが、彼との生活に特に問題は起きていない。一眞は必要以上に花菜に踏み込んでこないし、花菜も深くは干渉しない。

食事は花菜も担当することがあるが、主に一眞が作り、一緒に食べる。洗濯は、タオルなどは花菜が洗っているが、服や下着などはそれぞれ自分で洗う。掃除は気が付いたほうがする。リビングでテレビを見ておしゃべりをする時もあれば、お互いに自室でのんびりと過ごす時もある。

（夫婦というよりは、前に一眞さんが言っていたとおり、シェアハウスの同居人みたいな感じだよね。気心は知れてきたと思うけど）

一眞は他人に対して花菜を妻だと紹介する。対外的に妻としてふるまう約束なので、花菜もそれに合わせている。

（一眞さんって、本当は何を考えているんだろう）

カウンター越しに手を伸ばし、圭司が飲んでいたコーヒーのカップを取り上げた一眞に目を向ける。花菜の視線に気が付いたのか、一眞がこちらを向いて、「どうしたん？」と尋ねた。

「あっ、なんでもな……」

花菜が答えようとした時、背後から客に声をかけられた。

「すみません、お会計お願いします」

慌てて振り返ると、伝票を持った女性客が、レジの前に立っている。

「申し訳ございません。お待たせしました」

花菜は急いでレジに移動すると、女性客から伝票を受け取った。

*

それから数日後。豊の話していたネイリスト、永峯理香子《ながみねりかこ》が『縁庵』へやって来た。

理香子は四十代半ばぐらいで、細くすらりとした、手足の長い人だった。指には、ボルドー色にラメを入れたネイルが綺麗に塗られている。

「定休日にごめんなさい」

海外旅行に行くような大きなスーツケースを持って現れた理香子は、開口一番、謝罪した。

「かまいませんよ。僕は進堂一眞です。こちらは、妻の花菜です」

妻と紹介されるたび内心ドキッとするのだが、花菜は落ち着いた表情で「こんにちは」と挨拶をした。

「永峯理香子です。このたびは、無理を聞いていただいてありがとうございます」

　頭を下げた理香子に、

「引き取ってほしいというお母様の遺品はお着物だとの話でしたが、どのような物なんですか？」

　一眞がさっそく尋ねると、理香子はスーツケースを床に倒し、屈み込んでファスナーを開けた。

「わぁ……！」

　中から出てきた物を見て、花菜は目を輝かせた。

「すごい！」

　スーツケースの中には、様々な色合いの着物が詰め込まれていた。理香子が、

「母は着物が好きで、よく着ていたんです」

と、言いながら、一枚を取りだし広げる。

　花菜の目の前に、パッと華が咲いた。

　薄青の振袖を彩るのは胡蝶蘭《こちょうらん》。裾と袖に、流れるように花が描かれている。

「綺麗……」

　両手を組んでうっとりと目を細めた花菜に、理香子が微笑みを向けた。

「母の独身時代の振袖です。他にもいろいろありますよ」

胡蝶蘭の着物を腕に掛け、次の着物を取りだそうとした理香子に、一眞が、

「どうぞ、こちらに置いてください」

と、そばのテーブルを指し示した。理香子が「ありがとうございます」と言って、着物を置く。

理香子がスーツケースから次々と披露していく着物と帯は、和装のことが全くわからない花菜の目から見ても質が良さそうだ。

「すごくたくさんありますね」

テーブルの上に小山になった着物を見て、花菜は感嘆の息を吐いた。

「そうでしょう?」

理香子が、一度広げた着物がくしゃくしゃにならないように、畳み直しながら答える。

「私には価値があまりわからないんですが、たぶんいい物だと思うんです。捨てるのももったいなくて、母が亡くなってからもずっと置いてあったんですけど……。今度、自宅の一室を改装して、念願のプライベートネイルサロンを開く予定なんです。だから思い切って、家中の整理をしました。いらない物はリサイクルショップに売ったり、捨てたりしたんですが、母の着物はできるなら誰かに着てもらえたらいいなと思いまして。とはいえ、今は着物をお召しになる方も少ないし、どうしたらいいか悩んでい

たんです」

困り顔の理香子に向かって、一眞が笑いかける。

「洋服感覚で着物を着て、楽しんでいる若い方もいはるみたいですよ。欲しいっていう人がいはらへんか、探してみます」

一眞が請け合うと、理香子はほっとしたように、「ありがとうございます」とお礼を言った。

(それにしても、これだけの着物、よくこのスーツケースに納まってたなぁ)

感心してスーツケースに目を向けた花菜は、「あれっ?」と首を傾げた。スーツケースの中に、帯が一枚だけ残っている。

「永峯さん、これは引き取らなくていいんですか?」

花菜が確認すると、理香子は「ああ、それは……」と苦笑した。屈み込んで帯を取り上げ、広げる。オフホワイトの帯地に、「冊」の漢字に似た柄と、桜の花が織り込まれている。古典的な雰囲気の帯だ。

「記号みたいな柄と桜の花の組み合わせが素敵ですね」

花菜が感想を言うと、理香子は、

「でも、ここに大きな染みがあるんです」

と、指差した。ちょうど胴に巻いて絵柄が出る場所に黄ばみがある。

「本当ですね」

「結構目立つ染みでしょう？　この帯の柄、ええと、確かなんとかって名前だったんですけど、母は特に気に入っていたみたいで、よく締めていたんです。だから、他の帯に比べて使用感もあるし、汚れも付いてしまったんだと思います。持って来てはみたものの、こんなに状態の悪い帯を人にもらってもらうのは申し訳ないので、持って帰って捨てようと思います」

「えっ、捨てちゃうんですか？　もったいないです！　良さそうな物なのに！」

くしゃくしゃと適当に帯を丸めようとした理香子の手を止める。帯に触れた瞬間、花菜の脳裏に、今の理香子と同年代の女性の姿が浮かんだ。

『ありがとう、あなた』

その女性は、帯を洋服の上から巻いてみせ、

『どう？　似合うかしら』

と、そばにいた男性に問いかけた。男性がぶっきらぼうに答える。

『いいんじゃないか』

『私がお香をやってるから、この柄を選んでくれたんでしょう？』

『よくわからないから、適当に選んだんだよ』

にこにこと嬉しそうな女性とは対照的に、男性は無愛想な表情を浮かべていたが、

花菜には、それが男性の照れ隠しなのだと察せられた。

『あなたからこんなに素敵なプレゼントをもらうなんて思わなかった。最高の結婚記念日だわ。今度、お稽古の時に着ていくわね。この「皿」とか「冊」の漢字みたいな柄、源氏香《げんじこう》の図っていうの。源氏香っていうのは、香道《こうどう》の組香《くみこう》の一つでね。五本の線で、同じ香りと違う香りを表しているのよ。図ごとに、源氏物語五十四帖のうち、桐壺《きりつぼ》と夢浮橋《ゆめのうきはし》を除く五十二帖の名前が付けられていてね、例えばこの、前の三本の線が繋がっていなくて後ろの二本の線が繋がっている図は空蝉《うつせみ》で……』

『説明されても俺にはわからん』

『そうだ！　今度、あなたも一緒にお稽古に行きましょうよ！』

『はぁ？　俺がか？　ガラじゃないよ。匂いなんてわからん』

『香りを聞くことを楽しめばいいのよ。難しくないわよ』

もう既に長く連れ添っていると思われる、明るくておしゃべりな妻と、寡黙で無愛想な夫のやり取りが微笑ましい。

「――源氏香……」

「花菜さん？」

一眞に名前を呼ばれて、花菜は我に返った。

「源氏がどうかしたん？」

「あ……私、今、何か言いました？」

「源氏がどうのって。『源氏物語』のこと？」

「ああ！　そうだった、源氏香だわ！」

二人の会話を聞いていた理香子が、思い出したというように手を叩いた。

「その帯の柄、確か母が源氏香って言ってたわ。母は香道を習っていたの」

「香道の組香の一つ……？」

花菜のつぶやきを聞き、理香子が「あら？」と目を瞬かせる。

「あなたも香道をなさるの？」

花菜は慌てて両手を横に振った。

「いいえ！　むしろ全然わかりません」

「香道は、香木を焚《た》いて匂いを鑑賞する芸道なんです。組香っていうのは、簡単に言うと香り当てクイズのようなもので、複数の香木を、和歌や物語をテーマにして組み合わせて、どの香りとどの香りが同じか当てたり、香りを表現したりする、風流な遊びです」

（組香ってそういうものだったのか……）

先ほど、花菜が垣間見た女性は理香子の母で、男性は父なのだろう。香道をたしなむ妻が喜ぶと思い、理香子の父は、結婚記念日に源氏香柄の帯を贈ったのだ。

「この帯、捨てないでください。理香子さんのお母様にとって、きっと特別な物だったと思うから。できれば、理香子さんが使ってくださったら……」

理香子の母が大切にしていた帯、娘の理香子が引き継ぐのが一番いいように思えたが、理香子は花菜の言葉に、困ったような笑みを見せた。

「でも、私は着物を着られないから……。いつまでも置いておくと、場所をとりますしね。母の思い出は胸の中に残しておきます」

「そうですよね……」

花菜がしゅんとしていると、一眞が横から口を挟んだ。

「思い出は胸の中に。それでええと、僕は思いますよ。どうせ捨てはるつもりやったら、置いていかはったらいいんとちがいますか？　着物として着用できなくても、ハンドメイド素材として、欲しいという人もいはるかもしれませんし」

一眞の提案に、理香子が「なるほど」と頷く。

「そういう需要もあるんですね。でしたら、置いていきます」

気を変えた理香子が源氏香柄の帯を綺麗に畳み直す。

「たくさん引き取っていただいてありがとうございます。どうぞよろしくお願いします」

丁寧にお礼を言うと、理香子は、空になったスーツケースを引いて帰っていった。

花菜はテーブルの上に残された着物と帯に目を向けた。一枚一枚手に取り、柄を見ながら、右から左へ積み直していく。

「蝶々可愛い。つるつるしていて手触りのいい生地。こっちの手鞠《てまり》みたいな柄の着物は、手触りがざらざらしてる……」

「どちらも正絹《しょうけん》やけど、手鞠のほうは紬《つむぎ》やね」

着物に詳しくない花菜に、一眞が教えてくれる。

「その蝶々と手鞠みたいに、全体的に柄が入っているものは小紋《こもん》っていうて、洋服でいうとワンピースってところやね。普段着の着物やで」

「へぇ～、ワンピース……」

わかりやすい説明に耳を傾けていると、一眞が不思議そうに尋ねた。

「花菜さん、着物のこと、あまり知らへんみたいやのに、どうして帯の柄が源氏香やってわかったん？　香道にも詳しくないんやろ？」

突っ込まれるとは思っていなかったので、花菜はドキッとして、視線を彷徨《さまよ》わせた。

「そ、それは……前にどこかで見たことがあったような気がして……」

苦し紛れに誤魔化したが、一眞は怪訝《けげん》なまなざしで花菜を見つめた。

「それだけで覚えてたん？　記憶力ええね」

「まあ、そんなところです。一眞さん、ＳＮＳに載せるために写真を撮るんですよね？　着物、広げますか？」

さりげなく話題を変えると、一眞は「そうやね」と言って、店の中を見回した。

「どこで撮ろうかな。ここはごちゃごちゃしていて、ちゃんと広げられる場所もないし、二階へ持っていこか」

「それがいいと思います」

花菜は帯を抱え、一眞は着物を抱えて、二階に上がる。

「着物ハンガーがあればよかったんやけど、ないから、とりあえず置き画で撮影しようか」

リビングの床にスペースを空けると、一眞は、写真撮影の時に使っている白い布を持ってきて広げた。その上に一枚一枚着物と帯を載せ、スマホで撮影していく。花菜は一眞のアシスタントとして、着物と帯を並べ替えたり、採寸をしたりしていった。

写真撮影を終えると、畳んであったはずの着物と帯は、ぐちゃぐちゃになっていた。なんとかもとどおりにしようと苦戦している花菜を見て、一眞が、くすっと笑う。

「花菜さん、着物はこう畳むねん」

一眞がお手本を見せてくれたものの、洋服とは畳み方が違い、うまくできない。

「ううっ、すみません、わかりません……」

ギブアップすると、一眞は「僕が畳むしええよ」と全部引き受けてくれた。

折り目が付いている帯ならばなんとか……と、広げる。帯は、太さがまっすぐな物もあれば、先のほうが少しだけ半分に縫われている物、胴に巻く部分が半分に縫われている物など種類があり、花菜は畳み方に悩んだ。

「これは、こうして、こう……？」

なんとか折り目どおりに畳み、重ねていく。最後に残ったのは源氏香柄の帯だった。

（この帯は、胴に巻く部分が半分に折られて縫ってあるタイプの帯か……）

よく見ると、胴に巻く部分には、染みのある表側に対し、裏側にも絵柄が織り込まれている。こちらは源氏香の図ではなく、桜花の柄だった。

（へえ、裏にもちゃんと柄が付いてるんだ。凝ってるなぁ）

帯を広げ、畳もうとしたら、

『幸江《ゆきえ》、その帯、また締めているのか』

という声が聞こえた。花菜はすぐに、源氏香柄の帯が、過去の思い出を花菜に見せようとしているのだと気が付いた。

『ふふ。お気に入りなのよ。だって、あなたがプレゼントしてくれた物だもの』

『……そうか』

幸江の夫であり、理香子の父である男性がつぶやいた。表情は無愛想だが、少し口角が上がっていて、喜んでいるのだとわかる。

『顔見世《かおみせ》に誘ってくれてありがとう。この帯で、あなたとデートできて嬉しいわ』

『……ああ』

「花菜さん、帯の畳み方、わからへんの？」

一眞に声をかけられ、ぼうっとしていた花菜は我に返った。

「あっ……はい」

慌てて返事をすると、一眞が花菜の前に移動してきて、

「名古屋仕立てはややこしいよね」

と、言いながら、ささっと畳んでくれた。

「はい、できたで」

「ありがとうございます」

源氏香柄の帯を受け取り、他の帯と重ねる。

「名古屋仕立てってなんですか？」

花菜の質問に、一眞が微笑んだ。

「名古屋帯の仕立て方の種類やね。帯にも種類があって、フォーマルな場で身に着けることが多いのが袋帯。名古屋帯は、セミフォーマルからカジュアルな場で着られる帯なんやけど、この源氏香の帯みたいに、胴に巻く部分が半分に縫われている物を『名古屋仕立て』っていうねん。ほんで、先だけ一尺ぐらい縫われている物を『松葉

仕立て』、ずっと同じ幅の物を『開き仕立て』って言うんやで」

「いろいろ種類があるんですね。フォーマルとか、カジュアルとか、難しそう……」

　自分には着物はハードルが高そうだ。「私は着物を着られないから」と言っていた理香子も、花菜と同じように感じているのだろう。

「一眞さんも、『思い出は胸の中にあればいい』って思いますか？」

　理香子との会話を思い出し、花菜は一眞に尋ねた。

「そうやね。なんでもかんでも置いておけるような広い家やったらええけど、現実的にそういうわけにはいかへんやろ？　いる物といらへん物は選別して処分しぃひんと、場所を取ってしまって家が狭くなる」

「それが親の形見でも？」

「いつかは、ね。ただ、処分する時は気持ちの整理がついた後がいいやろうね」

　一眞が目を伏せる。小さな声で「でないと後悔する」とつぶやいたが、複雑な気持ちで考え込んでいた花菜には聞こえていなかった。

（私も、ここへ引っ越してくる時に、残してあったお母さんの服で私が着られない物は捨てちゃったっけ……）

　母がよく着ていたニットを思い出した。毛玉がひどかったので捨ててしまったが、残しておいたらよかったかもしれない。――それこそ、一眞の言うとおり場所を取ってしまっただろうけれど。

「写真も撮れてサイズも計れたし、僕はＳＮＳの更新をするわ。花菜さん、納戸《なんど》に空の衣装ケースがあるから、取ってきて、この着物と帯をしまっておいてくれへん？」

一眞に声をかけられ、「はい」と返事をする。

花菜は立ち上がってリビングを出ると、納戸へ向かった。

戸を開け、窓のない狭い部屋の明かりを点ける。

「ええと、衣装ケースはどこに……」

きょろきょろと見回すと、納戸の隅に、プラスチックの衣装ケースが二段に重ねられているのを見つけた。下のケースにはなにやらごちゃごちゃと物が入っていたが、上のケースは空だ。

「これのことか」

花菜はケースのそばまで行くと、「よいしょ」と持ち上げた。部屋の外に運ぼうとして、ふと、隣に置いてあった黒いゴミ袋が目に入った。

「……？」

粗ゴミでも入れているのだろうか。よく見れば、ゴミ袋を突き破って、ガラスの破片が飛び出している。

「危ないなぁ。ガラスはちゃんと包んでからゴミ袋に入れないと、ゴミ回収の人が怪我しちゃう」

衣装ケースを一旦下ろし、黒いゴミ袋の前にしゃがみ込み、縛ってあった結び目を解く。

「これ……」

花菜はゴミ袋の中を見て息を呑んだ。そこに入れられていたのは、割れた妖精のランプだった。

（このランプ、その後、どうしたんだろうってずっと気になっていたけど、こんなところにあったんだ……）

不要品は場所を取ると言っていた一眞のことだ。そのうち捨てるつもりで、ここに置いておいたのだろう。

「……ごめんなさい……」

つぶやきが漏れた。

花菜が割らなければ、ランプはまだ『縁庵』の店内に飾られていたはずなのに。

「花菜さん？　衣装ケース、見つかった？」

リビングから、一眞の声が聞こえた。花菜は慌ててゴミ袋を縛り直し、衣装ケースを手に納戸を出た。

「ありました！」

叫び返してから、リビングへ戻る。

「おおきに」

花菜の手から衣装ケースを受け取り、お礼を言う一眞の顔を見て、花菜の胸は、ガラスの破片で突き刺されたかのように、ずきんと痛んだ。

＊

大量の着物が持ち込まれてから数日後。

ＳＮＳで「着物を見せてほしい」とダイレクトメッセージを送ってきた女性が、恋人とともに『縁庵』にやってきた。

物が物なので営業時間中に店舗で広げるわけにはいかず、定休日に来てもらい、二階のリビングで確認してもらうことになった。

「うわ～、この振袖、めっちゃ素敵～！」

橘川芽依《きつかわめい》と名乗った若い女性は、胡蝶蘭の振袖を広げ、感嘆の声を上げた。

芽依は半年前に着付けを習い始めた着物初心者なのだそうだ。着物が大好きだが、新品を買うお金はないので、普段は北野天満宮《きたのてんまんぐう》の天神市《てんじんいち》などで古着の着物を購入しているらしい。

「見てみて、裄《ゆき》もぴったり！　奇跡じゃない？　運命じゃない？」

胡蝶蘭の振袖を羽織り、両手を広げてはしゃぐ芽依に、恋人の佐藤雪斗《さとうゆきと》が、

「そんな豪華な着物、いつ着るの？」

と、冷静に指摘した。

「こういう振袖って、両家の顔合わせの時に着たらいいんだろうけど、もう終わっちゃったからなぁ～」

唇に指を当て考え込んだ芽依に、そばで様子を見ていた一眞が問いかけた。

「結婚のご予定があるんですか？」

芽依は「はい！」と元気に返事をし、満面の笑みを浮かべた。

「再来月、彼と結婚式を挙げるんです」

「それはおめでとうございます」

「おめでとうございます！」

一眞に続いて、花菜も手を叩いて祝う。

「ありがとうございまーす」

「ありがとうございます」

芽依は明るく、雪斗は落ち着いていて、性格は真逆のようだが、不思議と見ていてしっくりくる。これが、結婚を誓い合ったカップルというものなのだろうか。

「こっちの名古屋帯も可愛い。なんだか、漢字みたい」

芽依が源氏香柄の帯を取り上げた。

「その模様、源氏香の図っていうらしいです」

花菜が、理香子から聞いた話をそのまま説明すると、芽依は「へぇ！」と感心した表情を浮かべた。

「おもしろーい！」

興味津々に帯を見ていた芽依は、胴の部分の染みを見つけて、残念そうな顔をした。

「良い物だなって思うけど、ここに染みがあるなぁ……」

「これはいらない」とでも言うように、帯を畳み直そうとした芽依に、花菜は思わず声をかけた。

「その帯、持ち主だった人が、結婚記念日にご主人からプレゼントされた物なんです。奥様はその帯をとても気に入っていて、たくさん着ていらしたから、汚れてしまったみたいです。一眞さんは、ハンドメイド素材にしたらいいって言うんですけど、私は、できれば、着物好きの人に帯のまま使ってもらえたら……って思うんです」

花菜の話を聞いた芽依は、雪斗のほうにちらりと目を向けた。

「ご主人がプレゼントした帯かぁ」

雪斗が「何？」という顔で芽依を見る。

「雪斗君も、いつか、私に帯をプレゼントしてくれる?」

芽依のおねだりに、雪斗は苦笑を浮かべた。

「三十年目の結婚記念日ぐらいには頑張るよ。その帯みたいに、高そうな物を買えるかはわからないけど。で、その帯ももらうの?」

「うーん、染みがあるしねぇ……」

帯を手に取り悩んでいる芽依に、なんとかもらってもらえないだろうかと、花菜はやきもきした。

「まだ着られますよ。綺麗ですし、もったいないですし……。ほら、こっちのピンク色の着物と合わせたら、可愛くないですか?」

押しつけがましいと思いながらも、一生懸命勧める。ハンドメイド素材としてこの帯にハサミが入れられるのは忍びない。

黙って花菜の様子を見ていた一眞が口を開いた。

「芽依さん、帯は関西巻きですか?」

芽依と雪斗、花菜が、一斉に一眞のほうを向く。

(関西巻きってなんだろう?)

花菜が、「お寿司みたいだな」と考えていると、芽依が体の前で帯を巻くしぐさをしながら答えた。

「関西巻きですよ」

「関東巻き、できはりますか？」

「不慣れだから苦手なんですけど……あっ」

そこまで聞いて、芽依はピンときたらしい。

「この名古屋帯、関東巻きにしたら、染みが表に出ないですね！」

一眞が「そのとおり」というように頷いた。

「一眞さん、関西巻きと関東巻きってなんですか？」

花菜が尋ねると、雪斗も知らないのか、気になるというような顔をした。

「帯の巻き方の違いやで。関西巻きっていうのは、時計回りに帯を巻く方法で、関東巻きっていうのは、反時計回りに帯を巻く方法。そやから、巻く方向によって、柄の出方が違う」

一眞が源氏香柄の帯の両面を返しながら説明する。

「この帯やと、関西巻きにすると源氏香の図が、関東巻きにすると桜が出てくるわけやね。両面使えるように作られた帯なんやと思うわ。染みを出さないように着ようと思ったら、関東巻きしかできひんけど……」

「関東巻きなら、この帯は、まだまだ使えるってことですか？」

花菜は前のめりになったが、一眞は、

「そやけど、どちらにしろ折り目も付いてて使用感はあるし、着用に不向きかもしれへんっていうのは、変わらへんけどね」

と、付け足した。

花菜は芽依を見た。彼女はどう判断しただろうか。

「確かにくたびれてはいるけれど、お太鼓部分に皺は入っていないし、染みさえ前に出なければ、まだ着られるかな……」

芽依は源氏香柄の帯を見つめながら、思案するようにつぶやいた後、花菜の視線に気が付き、顔を上げた。

「新品の着物や帯には憧れるけど、私、古着も魅力的だと思うんです。着物仲間には、おばあちゃんの着物をサイズ直しして、大切に着ている子もいますよ。着物にも帯にも、職人さんの技術や想いが詰まっていますし、できれば着続けてあげたいですよね。何より、昔の着物って可愛いし！」

「俺は物に執着がないタイプで、古い物やいらない物はどんどん捨てるけど、そうやって古い物を大切にしようとする芽依の感性もいいなって思うよ」

雪斗が芽依を褒めると、芽依は嬉しそうに「ふふっ、ありがと」と笑った。

芽依は、その後いくつかの着物を選び、何度もお礼を言って帰っていった。理香子が持ち込んだ着物を、全て引き取ってくれたわけではないが、源氏香柄の帯が、大事にしてくれそうな人のところへもらわれていったので、花菜は満足していた。

客人が帰ったリビングで、残された着物を畳もうと悪戦苦闘していると、一眞が花菜の隣に腰を下ろした。

「僕が畳むし、ええよ」

そう言いながら、器用に畳んでいく一眞の、長く綺麗な指に見とれる。

「一眞さんって、着物に慣れてますよね。知識もありますし」

「うちにはもうないけど、お母さんも着物を着てはったからね。毎年秋になると、箪笥から出して虫干ししてはってん。その時に、畳み方を教えてもろた」

淡々とした一眞の横顔を見つめる。

(お亡くなりになった一眞さんのお母さんも、着物が好きだったんだ)

もうないということは、亡くなった後に誰かにあげたか、処分してしまったのだろう。

(一眞さんの胸には、お母さんの思い出が残っているのかな)

「ここを摘《つま》んで、こう重ねるんですか？」

別の着物を畳み始めた花菜に、一眞が、

「そう。下前の衽《おくみ》の上に、上前の衽を重ねて……」

と、説明しながら、横から手を出す。花菜と一眞の肩がぶつかり、あまりの近さに

驚いて、花菜は慌てて身を引いた。すると、

「前から気になってたんやけど――花菜さんってなんで、うちに持ち込まれる物の事情がわかるの？」

一眞に、さらっと問いかけられて、花菜は息を呑んだ。一眞は花菜が戸惑っているうちに手早く着物を畳み上げると、体を起こして、花菜のほうを向いた。

「理香子さんが来はった時、源氏香の帯について、『母が大切にしていた物』とは言うてはったけど、『結婚記念日のプレゼント』とは言うてはらへんかったよね？」

「あ……」

「まずい」と思った。帯の行き先の心配をしすぎて、余計なことまでしゃべってしまった。

「亜紀ちゃんの時計の時も、なんや知ってるふうやったし……。花菜さんは、たかが不要品に、どうしてそんなに必死になるん？」

（たかが不要品……）

花菜は俯いた。

「そうですけど……」

「僕は、使える物を捨てるのはもったいないって思うから、不要な人と必要な人の橋渡しや、物々交換をしてるけど、基本的に不要品って、もらってもらえるだけであり

がたいと思うねん。そやから、あげるほうは手放す物に想いを残したらあかん。『大事に使ってください』とかはなしのほうがええ」

(でも、私には物に残された思い出が見えるから、できるだけ、大事に使ってくれる人のところへもらわれていったらいいなと願ってしまう)

一眞の持論に一理あると思う一方で、花菜は複雑な思いを抱く。花菜にとって、それでは納得できないこともあると説明したい。『縁庵』にいれば、花菜は今後も、ここに持ち込まれる物の思い出を垣間見るだろう。そのたびに、もやもやするのは嫌だ。

「私は『たかが』なんて思いません。持ち主の思い出がこもっている、特別な物だってあります」

「花菜さんは、そんなふうに自分の物にも執着するるん？　それやったら、なんも手放せへんよ。家が物だらけになってしまう」

一眞の言い様に悲しくなり、花菜は俯いた。

少しの間、迷う。

信じてもらえなくてもいい。自分の考えを、想いを、一眞に伝えたい。花菜は顔を上げ、まっすぐに彼を見つめた。

「――私、物に宿った記憶が見えるんです」

思い切って告白すると、一眞が戸惑いの表情を浮かべた。

「どういう意味？」

「物が見てきた持ち主の思い出……って言うほうがいいかもしれません。物にはそれぞれに物語があって、私は、特に大切にされてきた物に触れると、その光景が頭に浮かぶんです。声も聞こえます」

花菜は一眞の反応を窺った。一眞は無言で、花菜の話の続きを待っている。

「初めてそれが見えたのは、亡くなった母が身に着けていた指輪でした」

花菜は一眞に、右手の薬指に嵌めていた指輪を見せた。

「この指輪は、時折、母と父の姿を私に見せてくれるんです。私が生まれた時の光景や、私を天使だと言って可愛がってくれた父の顔、父が亡くなって母と二人で過ごした日々……。一人ぼっちになった私が寂しくないように、亡くなった母が、不思議な力を授けてくれたんだと思っています」

「ほな、亜紀ちゃんの腕時計の時も、永峯さんの帯の時も、花菜さんには、物に宿っている思い出が見えてたってこと？」

一眞の問いかけに、「はい」と頷く。

「豊さんが持っていらしたポラロイドカメラにも見えました。豊さんには、昌子さんという娘さんと、勲さんっていう息子さんがいらっしゃるんですよね？　娘さんと息子さんが子供の頃に、あのカメラでよく写真を撮っておられたみたいです」

「お名前は知らへんけど、確かに、豊さんには独立しはった娘さんと息子さんがいはるわ。——物に宿る思い出、か……」

一眞のまなざしには、疑いの色も、馬鹿にする気持ちも宿ってはいない。花菜は不安な気持ちで一眞に尋ねた。

「信じて、くれますか……?」

花菜を安心させるように、一眞が微笑む。

「花菜さんが嘘をつくような人やないって、一ヶ月、一緒に暮らしていたらわかるで」

「一眞さん……」

花菜は、抱えていた秘密を初めて人に話し、信じてもらえたことにほっとした。一眞の優しさに、胸の中が温かくなった。

*

芽依が着物と帯を持ち帰ってから一週間が経過した。

今日は『縁庵』に圭司が来ている。この近くで仕事があったらしい。

圭司の目の前には、ランチセットが置かれている。今日は、ケチャップライスを薄焼き玉子で包んだオムライスおむすびと、シーチキンマヨネーズのおむすびという洋風の組み合わせだ。主菜はコンソメスープのロールキャベツだった。

「へえ〜。豊さんが話していたネイリストさんが持ち込んだ品物って、そういう結末になったんだ」

感心した様子の圭司に、花菜は両手を組み合わせて、

「そうなんですよ！」

と、前のめりに話した。

「芽依さんって、古い着物を大切にするとっても素敵な方なんです」

「たくさん着てもらえるといいよな」

「はいっ」

「あ、そうだ」

思い出したというように、圭司がカメラバッグのファスナーを開けた。「じゃーん」と言って、中からポラロイドカメラを取りだす。

「あっ、そのカメラ！」

「花菜ちゃん、笑って。ついでに、後ろにいる一眞も」

「えっ、えっ？」

戸惑っているうちに、圭司がポラロイドカメラを構え、シャッターを押した。フ

ラッシュが光る。眩しさに、花菜は思わず目をつぶった。

瞼の裏のチカチカが収まってから目を開けると、ジーッという音とともに、カメラの下部から、写真が吐き出されていた。

「フィルム、取り寄せたんだ」

写真を抜き取り、圭司が花菜に手渡す。写真はまだ真っ白で、何も写っていない。

「これ、写ったものが、後から出てくるんですか？」

こういうふうに、カードサイズの写真が撮れるカメラがあったなと思い出す。

「そう。しばらく待ってな」

花菜は手にした写真をじっと見つめた。じわじわと画像が浮かび上がってくる。

「わぁ！　出てきた！」

はしゃいだ声を上げた花菜を見て、一眞が笑う。

「持ったままじっと見てなくても、テーブルの上に置いておいたらそのうち完全に出てくるで」

「そうですけど、なんだか面白いじゃないですか」

数分間待っていると、ようやく完全に写真が浮かび上がった。

「ぼんやりしてますね」

写ってはいるものの、鮮明ではない。

「味があって、これはこれでいいだろ?」

圭司の言葉に「そうですね」と頷く。

写真の中の花菜はカウンターテーブルの手前にいて、一眞は奥のキッチンの中に立っている。花菜には、カウンターテーブルで遮られた二人の距離が、戸籍上では夫婦だが、本当の意味では夫婦ではない関係を表しているように見えた。

突然シャッターを切られたので、花菜は驚いた顔をしていて、一眞は微笑んでいる。

(相変わらず、そつのない人)

圭司のために、食後のコーヒーを淹れている一眞を横目で見る。

ふと、源氏香柄の帯を介して見た、理香子の両親の仲睦まじい姿を思い出し、羨ましく感じた。

第三章　夫婦の距離

『お母さんを助けて！　お願い……！』

夢の中で叫び、花菜は目を覚ました。

「あ……」

誰かに縋ろうとしたかのように、両腕を宙に伸ばしていた。

（また、あの夢……）

手を下ろし、顔を覆う。

嗚咽が漏れる。

母が倒れた時の夢を見る原因はわかっている。花菜が大切に身に着けている指輪のせいだ。母の無念を指輪が覚えているのだ。

けれど、自分はそれを外せない。外したらもう、母の姿が見えなくなってしまうような気がして――

「……花菜さん？」

戸の向こうから、小さな声が聞こえた。一眞だ。

彼は眠りが浅いのだろうか。花菜の泣き声にすぐに気が付き、心配して様子を窺いにくるなんて。

「大丈夫です。ちょっと怖い夢を見ただけです」

「そう？　……何か、心配事でもあるの？」

一眞がそっと問いかけてくる。花菜は半身を起こし、迷った後、平気を装って答えた。

「ないですよ」

「ほんまに？」

「ほんまです」

一眞の口調を真似する。

「……僕のせい？」

思いがけないことを言われて驚いた。

「なんで一眞さんのせいなんですか？」

「………」

一眞は少し間を空けた後、

「……何か僕に言いたいことがあるなら、言ってな」

そう言い残し、自室へ戻っていった。

（一眞さん、何を言いたかったんだろう……）

体を横たえ、あれこれと考える。そのうち、花菜は眠りに落ちていた。

明け方、まどろみながら見た夢は、一眞の夢だったような気がした。

*

『縁庵』の定休日。

店舗に物が増えてきたので整理をしようと、今日は一眞とともに大掃除をしている。

「狸さん、結構、汚れてきてる」

花菜が雑巾で拭いているのは、子供の背丈ほどの高さがある、信楽焼の狸。手に徳利を持ち、ひょうきんな顔をしている。

「毎日、モップで埃を払っているんだけどなぁ」

ぶつぶつ言っている花菜に、一眞が、

「その子、結構古いしね」

と、教えてくれる。

「そうなんですか?」

「前の持ち主が信楽に旅行に行った時に買うてきた物なんやって。玄関に置いていたけど、引っ越しを機に手放したいって言って持ってきはってん。うちに来たのは、四年ぐらい前の話かな」

「そんな前からいるんですか！　なら、もう、守り狸じゃないですか。この子がもらわれていなくなった途端、『縁庵』のお客さんが減ったりしません？」

花菜の言葉に、一眞が「守り狸……」とつぶやいて、肩を震わせた。

「花菜さんて、面白いこと言うね」

笑われて、花菜は頬をぷうと膨らませた。

「お前、一眞さんに馬鹿にされたよ。怒っていいと思う」

花菜は狸に同情の言葉をかけたが、狸は能天気な顔をしているだけだ。

丁寧に狸を拭き上げた後、花菜は壁際の本棚へ向かった。立てかけられている本の上には横向きに本が突っ込まれ、棚が抜けそうなほどギチギチになっている。

「古書、溜まってきていますね。古書店が開けそう」

本の前にも本が積んであるので、後ろの本が取れない状態になっている。これではタイトルが見えない。なんとか綺麗に並べたいと悩んでいたら、いつの間にか一眞が花菜の後ろに立っていた。

「さすがにちょっと減らしたほうがええなあ。古書店さんに連絡して、査定してもらおか」

花菜の後ろから本棚に手を伸ばし、一冊の本を抜き取った。息がかかりそうなほど体と体が近付き、ドキッとする。

花菜は、一歩離れてから一眞のほうに振り向いた。一眞が手にしていたのは、日本史の専門書だ。ページは黄ばんでいて、かなり古い物のようなので、おそらく絶版になっているだろう。

「値段がつきそうですか？」

花菜の質問に、一眞は首を傾げた。

「どうやろね。傷んでいる本やし、期待はしぃひんとこ」

「でも、そういう専門書を古書店さんに引き取ってもらったら、その分野の本を探している方の手に渡るかもしれませんよね」

捨ててしまえば、貴重な古書はこの世から消えてしまう。

花菜の言葉に、一眞はふっと唇の端を上げた。

「確かに、ある人にとってはお宝かもしれへんね。二階の納戸に空き段ボール箱があるから、取ってくるわ。この本棚、整理しよう」

一眞は本を棚に戻すと、二階へ上がっていった。すぐに段ボール箱を手に戻ってくる。

「どの本を整理しますか？」

「適当でええよ。どんどん渡してくれる？」

花菜は本を取り上げると、段ボール箱の前に膝をついた一眞に手渡した。一眞が隙間なく綺麗に箱に詰めていく。あっという間にいっぱいになり、入らなくなった。

「箱一つやったら足りひんね。錦に行って、豊さんから段ボール箱を分けてもろてこよかな……」

一眞はそうつぶやくと、善は急げとばかりに『縁庵』を出ていった。

一人になった花菜は、あらためて店内を見回した。

「本だけじゃなくて、私が初めて『縁庵』に来た時よりも、明らかに物が増えてるよね……」

この間、閉店した和食店から、大量の食器が持ち込まれた。それが、場所を取っている。これらの食器からは特に思い出は感じ取れないが、誰かに引き取られて、第二の人生ならぬ器生を送れたらよいのにと思う。

店内の物を片付けていると、一眞が戻ってきた。畳まれた段ボール箱を抱えている。

「箱、もろてきたで。古書店さんにも声かけてきた。後で見に来てくれはるって」

「そうなんですね」

「本の片付け、進めよか」

もらってきた段ボール箱を組み立て、古書の整理を再開する。

二人で黙々と作業をしていると、がらりと戸が開き、

「進堂君、来たで」

と言いながら、男性が入って来た。年の頃は五十代後半。ごま塩頭で、メガネを掛けている。手にはかなり大きな紙袋を提げていた。

一眞が立ち上がり、男性のほうを向いた。

「千鯉堂《せんりどう》さん。わざわざ来てもろて、すみません」

千鯉堂と呼ばれた男性は、一眞のそばに歩み寄ると、隣にいる花菜に目を向けた。

「この子が進堂君の奥さんかい？」

「そうです。花菜っていいます。花菜さん、こちらは、懇意にしてもらってる古書店、『千鯉堂』のご主人さんで、千里瀧雄《せんりたきお》さん」

紹介されたので、花菜は丁寧にお辞儀をした。

「初めまして。花菜です。よろしくお願いします」

「可愛い子やなぁ。こんな若い子を捕まえるなんて、進堂君も隅におけへんなぁ」

瀧雄はそう言うと、一眞の脇を肘で小突いた。からかわれた一眞が苦笑する。けれど、その言葉にはコメントをせず、足元の段ボール箱を指し示した。

「千鯉堂さん、本はここに纏《まと》めました」

「おおきに。持って帰って査定するわ。金額は後でもええ？」

「はい。かまいませんよ」

「ほな、台車に運ぶの手伝ってくれるか？」

瀧雄は床の上に紙袋を置くと、手近な段ボール箱を抱え上げた。一眞も箱を持ち、二人揃って店の外へ出ていく。花菜も箱を持ち上げようとしてみたが、あまりの重さに腰が抜けそうになった。

（ううっ、持てない）

軽そうな箱を選んで、再チャレンジする。文庫本ばかり入っている箱だと、なんとか持つことができたので、よろよろしながら外へ運ぶ。

店の前では、瀧雄が段ボール箱を台車に積んでいた。手伝っていた一眞が花菜の姿に気が付き、駆け寄ってきた。

「花菜さん！　そんな重い箱、持ってこんでもよかったのに」

花菜の手から段ボール箱を取り上げる。

「私もお手伝いしたくて」

「無理しぃひんでええよ。たくさん片付けて疲れたやろ。中で休んでて」

段ボール箱を瀧雄に渡した後、一眞が花菜の背中を押した。店内に戻り、手近な椅子を引いて花菜を座らせると、再び段ボール箱を持って外へ出ていく。

（休んでいてと言われても、なんだか落ち着かない）

自分だけのんびりしているのは気が引ける。

空いた本棚の整理でもしようかと立ち上がったら、床の上の紙袋に気が付いた。

(これ、千鯉堂さんが持って来た紙袋だ。こんなところにあったら汚れるし、蹴ってしまいそう)

紙袋を持ち上げたら中が見え、花菜はぎょっとした。

紙袋の中に、雑に入れられていたのは人形だった。二体ある。

(千鯉堂さん、なんで人形を持ってきたんだろう)

そう考えて、すぐにピンときた。

(きっと、一眞さんに引き取ってもらおうと思って、持ってこられたんだ)

花菜は紙袋をテーブルの上に置いた。どんな人形なのか気になったが、勝手に触らないほうがいいだろうと、上から覗いてみるだけにした。

人形は二体とも少女で、フリルが施された凝ったドレスを身に着けている。

一眞が店内に入ってきて最後の段ボール箱を持っていき、瀧雄とともに戻ってくる。

花菜は「お疲れ様です」と言って、お茶を出した。

一眞は大げさに自分の腰を叩き、

「明日は筋肉痛になりそうやわ」

と、花菜に笑顔を向けた。

瀧雄が床の上に視線を巡らせる。紙袋を探しているのだと気が付いた花菜は、

「すみません。紙袋でしたら、こちらに置きました」

と、声をかけた。瀧雄が「おおきに」とお礼を言い、一眞のほうを向く。

「進堂君。頼みがあるんやけど」

「はい、なんでしょう？」

一眞が軽い調子で尋ねる。瀧雄は花菜のそばにある紙袋を掴み、中から一体の人形を取りだした。思っていたよりも大きく、身長は六十センチメートルほどもあるだろうか。ピンク色のロングヘアが、いかにも人形といった色合いだ。滑らかな肌と、物憂げな目元、ほんのり色づいた唇が美しい。

「素敵な人形ですね」

花菜の感想を聞き、瀧雄は驚いた顔をした後、苦笑いを浮かべた。

「そうか？　俺には良さがさっぱりわからへんねんけど。進堂君、この人形、引き取ってくれへんか？　紙袋の中に、もう一体入ってるわ」

一眞が、差しだされた人形を受け取る。

「これ、いわゆるドールというものやないですか？」

「ドール？」

首を傾げた花菜に、一眞が説明をする。

「着せ替え人形やね。ビスクドール、子供用玩具のドール、いろいろあるけど、この子は球体関節人形《きゅうたいかんせつにんぎょう》なんとちがうかな。手足の関節に球体が使われていて、様々な角度に動かせるねん。パーツやメイクを変えられて、自分好みにカスタマイズできるドールもあるんやで」

「女房がこの人形に凝ってしもてな……。やれ限定モデルが出ただの、新しい洋服が欲しいだの、そらもう、えらい金額を使うてるみたいやねん」

瀧雄が、やれやれというように溜め息をついた。

「子供の人形遊びみたいなこと、やめさせようと注意しても言うこときかへん。埒《らち》があかへんから、お灸を据えようと思って持ってきたんや」

花菜は思わず「え」と声を漏らした。

（奥さんの大切な人形を、勝手に持ってきたってこと？）

一眞も気になったのか、

「奥さんに許可を得ないでうちに持ってきはって、大丈夫なんですか？」

と、心配そうに尋ねる。

「ええよ、ええよ。なくなったら、女房も反省してやめるやろ。誰か欲しいて言う人にあげてくれるか。まあ、こんな人形、欲しい人がいるかわからへんけど」

「ははは」と笑った瀧雄を見て、一眞が困惑した表情を浮かべている。

「こういうドールは愛好家も多いです。欲しい人はいくらでもいると思いますけど……。でも、奥さんに内緒で勝手に持ってきはった物、受け取れませんよ」

「これ以上、家の中に人形が増えたら、見られてるみたいで落ちつかへんでしゃあない。俺はこういうのは好かんねん」

(好かん、って……。奥さんの好きな物なのに、そんな言い方……)

花菜がもやもやしていると、瀧雄はお茶を飲み干し、

「古書の見積もりは、後で連絡するし」

と言って、店を出ていった。

「一眞さん」

瀧雄の姿が見えなくなると、花菜は一眞を振り向いた。

「そのドール、本当に誰かにあげちゃうんですか？」

心配な気持ちで問いかける。一眞は顎に指を当て、考え込んだ。

「千鯉堂さん、奥さんが大切にしてはるドールを勝手に持ってきはったみたいやし、それに、こういうドールはオークションですごい値段がついてることもあるから、今回はさすがに慎重になったほうがええやろね……」

「ですよね。奥さんに連絡しますか？」

「下手に連絡したら、夫婦げんか勃発《ぼっぱつ》は避けられへんで」

腕を組み、二人同時に「うーん……」と唸る。

「とりあえず、これは保管しておこか」

一眞はそう言うと、店の奥へ行き、ガラス扉のある飾り棚の中に人形を座らせた。花菜も付いていって、紙袋の中からもう一体の人形を取りだし、同じように並べる。

「可愛いですね。人間みたい」

もう一人の少女人形は、レッドブラウン色のウェーブヘアで、赤いドレスを着ていた。長いまつげの下で潤む瞳は本物のようだ。

「この子たちの目は、ガラス製かもしれへんね」

「だからこんなにキラキラしているんですね」

花菜はもう一度、人形に触れた。思い出の光景は、何も浮かんではこない。

花菜のしぐさを見て、一眞が問いかけた。

「もしかして、物に宿る思い出っていうのが見えた?」

「いいえ。この子たちからは何も……」

手を離し、首を横に振る。けれど、意思を持っているかのように精巧な人形は、今はどこか悲しそうに見えた。


その日の夜。風呂から上がり、リビングに入った花菜は、クッションの上に腰を下ろすなり、「いたた」とつぶやいた。

キッチンでカフェオレを淹れていた一眞が、足をさすっている花菜に気がつき、

「どうしたん？」

と、問いかける。

「筋肉痛になっちゃいました」

腕と足が痛いのは、きっと、本を持って立ったり座ったりしたせいだろう。

「えっ、花菜さん、もう筋肉痛になったん？」

驚いている一眞に、花菜が、

「一眞さんは大丈夫ですか？」

と聞き返したら、彼は苦笑いを浮かべた。

「年の差やね。多分、僕は明日、痛くなると思う。――はい、カフェオレ。マドレーヌもどうぞ」

話しながら近付いてきた一眞が、クリーム色のマグカップとマドレーヌを差しだした。このマグカップは、花菜が一眞のもとに「嫁入り」してから数日後、彼が「花菜さん専用」と言って買ってきた物だ。花菜は、可愛いウサギの絵柄が気に入っていた。

「ありがとうございます」

お礼を言った花菜ににこりと微笑みかけ、一眞も自分のマグカップを持って、花菜の隣に腰を下ろした。一眞はお酒も飲むが、甘い物も好きで、夕食後はよくこうして、

二人でカフェタイムを過ごしている。

　カフェオレを飲みながら、毎週二人が楽しみにしているドラマを観賞し、あれこれと感想を言い合う。こういう時、花菜はふと錯覚を起こしそうになる。

「花菜さん？」

　一瞬、ぼうっとしていたようだ。おしゃべりに夢中になっているうちに体の距離が近付いていたのか、気が付くと一眞の端正な顔がすぐそばにあった。

「な、なんでもないです。私、そろそろ寝ますね」

　花菜は慌てて立ち上がった。マグカップを流しで洗い、「おやすみなさい」と言って、リビングを出る。

　自室に入り、鍵をかける。この瞬間、花菜は、一眞は夫ではなく、ただの同居人なのだと再認識する。

「………」

　花菜は、部屋の隅にある黒いゴミ袋に視線を向けた。以前、納戸で見つけた、壊れたランプが入れられたゴミ袋だ。あのまま置いておいたら一眞が捨ててしまうかもしれないと思い、こっそりと自室に持ち込んでいた。

　ゴミ袋のそばへ行き、結び目を解く。中から、ガラスの破片を取りだす。赤いガラスは、照明の光を受けて、花菜の手の中でキラリと輝いた。

「綺麗……。二百万円するっていう話だったっけ？」

高級ブランドの物なのだろうか。それともアンティークだろうか。たとえ、このランプがどこのブランドの物かわかったとしても、花菜には到底買えない値段なのだが。

（すぐに弁償できたらよかったんだけど……。少しずつでも、返していかなくちゃ……）

当初、『縁庵』で働いて得た給料で返そうと思っていたが、「それって結局お金の出所は一眞さんだ」と気が付き、未だに返せないでいる。

「定期貯金、くずそうかな……」

僅かだが、将来のために貯めているお金がある。二百万円には足りないが、誠意を見せたい。

（でも、お金を返したら……）

花菜が一眞と一緒に暮らす理由はなくなる。「それは少し嫌かも」と思った自分に驚いた。

「……何考えてるの、私……」

時々、考え方の違いで、もやっとすることはあれど、今の生活の心地よさに慣れてしまって、一眞のいない日々など考えられなくなっている。

母が亡くなった後、花菜は「これからは一人で生きていかなければ」と、気負っていた。仕事が終わり家に帰っても、その日の出来事を話す相手は誰もいない。

寂しかった。

悪夢に苛《さいな》まれる夜は心細かった。

そんな生活にもようやく慣れてきた頃、花菜の前に現れた「結婚相手」。

一眞との生活は、思っていたよりも楽しくて。

花菜が泣いていたら「どうしたの?」と心配してくれる声にほっとして。

(一眞さんとの結婚は、利害が一致しただけの、ただの契約結婚なのに)

お互いに好きな人が現れたら別れる約束だ。この先、どうなるかわからない。

(……離婚されたら、嫌だな……)

一眞が、花菜ではない誰かと肩を並べて去っていく姿を想像したら、胸がぎゅっと痛くなった。

一年経ったら別れようと思っていたのに——

「何、考えを変えているの、私!」

頬を両手でぱんと叩き、気持ちを切り替える。

(このランプ……元どおりとはいかなくても、直すことはできないかな。ガラス職人さんを探して、お願いするとか……)

唇に指を当て、考え込む。

可能かどうかはわからないが、調べてみてもいいかもしれない。

花菜はスマホを手に取ると、ウェブの検索サイトを立ち上げた。

「ガラス、修理……っと」

ワードを打ち込み、検索をかける。

（うーん、窓ガラスが割れた時の対処方法しか出てこないなぁ……）

応急処置だとか修理費用だとかを説明したサイトばかりが並んでいる。何かヒントになるようなサイトはないものだろうかと探し続けていると、

「『割れたガラスは金継《きんつ》ぎで直せる』……？」

見知らぬ単語が目に入った。その見出しをクリックしてみたら、金継ぎとは、割れた陶器やガラスを修復する際、破片や欠けた部分を漆《うるし》で接着し、金銀粉を蒔《ま》くという技法らしいことがわかった。花菜が見つけたサイトは、金継ぎでガラス修理を請け負っている会社のホームページだった。

（切り子ガラスとか、ガラス製の置物とかも直せるんだ）

金を蒔くので、ヒビの部分に色が付いてしまうわけだが、逆にそれが模様になり、新たな魅力を生み出している。

（もしかしたら、一眞さんのランプも直る……？）

メールで、修理可能なのか問い合わせができるようだったので、花菜は試しにラン

プの写真を送ってみることにした。

ゴミ袋から全てのパーツを取りだし、並べて写真を撮る。必要事項を記入し、写真を添付すると、えいっと送信ボタンを押した。

(いいお返事が来ますように)

祈るような気持ちで、花菜はスマホを置いた。

検索をしている間に、日付が変わっていた。布団を敷いて横になる。筋肉痛に響かないよう、ごそごそと体の向きを変える。目は妙に冴えていて、全く眠くならない。ランプのことが気になっているのかもしれない。

しばらくして、花菜はむくりと起き上がった。

(寝られない……。ホットミルクでも飲もう)

自室から出て、ダイニングへ向かう。冷蔵庫を開けて牛乳を取りだし、マグカップに注いで、電子レンジで温める。

「熱っ」

出来たてのホットミルクに口を付けると熱すぎた。一旦、ダイニングテーブルの上に置き、冷めるのを待つ。すると、階下でカタンと音がした。

「……?」

誰もいないはずなのにと、首を傾げる。

（もしかして、一眞さんも起きているのかな？）

こんな夜中に、店舗で何をしているのだろうと気になり、花菜は階段へ向かった。

一階は電気が点いておらず、暗いままだった。

「一眞さん？」

声をかけてみたが返事はない。

（いないみたい……？　じゃあ、さっきの物音はなんだったんだろう。もしかして、泥棒？）

慌てて照明のスイッチを押した。店内は明るくなったものの、物が多く見通しが悪い。花菜はそばに置いてあった木刀を手に取った。

警戒しながら、人影を捜して移動する。けれど、誰かが潜んでいる気配はない。

「気のせい……？」

ほっと息を吐いた時、再びカタンと音がした。ドキッとして振り返る。すると――

「ドール？」

足元に、瀧雄が持ち込んだ人形たちが落ちていた。ガラス扉付きの飾り棚の中に入れていたはずなのに、いつの間にかガラス扉が開いている。

「どうして？」

花菜はピンク色の髪の少女人形を拾い上げると、乱れたドレスを直した。丁寧に飾り棚の中に戻す。レッドブラウンの髪の少女人形も拾い、もといた場所に座らせた。

人形は何かを訴えるように花菜を見つめている。

ふと、背筋が寒くなった時、

「花菜さん、どうしたん？」

背後から声をかけられて、花菜は飛び上がりそうになった。

「一眞さん！」

「こんな夜中まで起きてたん？」

「眠れなくて……。そうしたら、店で物音がしたので様子を見にきたんです。泥棒かなって思ったんですけど、違いました」

花菜がそう言うと、一眞は驚き、いつにない強い口調で、

「あかんやん！」

と、注意した。

「ほんまに泥棒やったらどうするん？　そういう時は僕を呼んで」

「は、はい……」

一眞の剣幕にたじろぎながら頷く。一眞は花菜を怖がらせたと思ったのか、「かんにん」と謝った後、弱ったように髪の毛をくしゃくしゃと掻いた。

「でも、ほんまに、何でも一人で対処しようとせんといて」

一眞に心配をかけてしまったと申し訳なく思いながらも、嬉しく感じている自分に気が付き、花菜は動揺した。

（なんで、私……）

そんな花菜に気付かず、一眞が尋ねる。

「で、物音はなんやったん？」

「それなんですけど……」

花菜は人形を振り向いた。

「この子たちが床に落ちた音だったみたいです」

「ドールが床に？　扉を閉めてたのに？」

「開いてました」

「えっ」

一眞の表情が困惑したものへと変わる。二人は揃って人形へ視線を向けた。人形たちは、静かに、花菜と一眞を見つめていた。

しばらくの間、二人は黙っていたが、先に口を開いたのは花菜だった。

「……明日、連絡しませんか？」

「連絡したほうがええやろね」

二人は目と目を見交わすと、頷き合った。

＊

翌日、花菜と一眞は話し合い、『縁庵』が閉店した後、一眞が『千鯉堂』へ赴くことに決まった。

「店にはご主人がいはるやろうから、奥さんだけを呼び出すのは難しいかもしれへんなぁ……」

波風を立てずに人形のことを報告するにはどうすればよいかと、頭を悩ませている一眞に、花菜もよいアドバイスができない。二人で途方に暮れる。

「どう伝えれば、夫婦げんかを避けられるでしょうか……」

「奥さんも人形を捜してはるやろうから、このまま預かっておくわけにはいかへんし」

「ですよね」

つい、開店準備の手が止まりがちになる。

すると、店の戸が開いた。振り返った一眞が「あ」と声を上げた。店内に入ってきたのは、五十代半ばぐらいの女性だった。

一眞は素早く花菜に耳打ちした。

「千鯉堂さんの奥さんや。――小代里《さより》さん、こんにちは」

小代里はつかつかと歩み寄ってくると、必死な形相で問いかけた。

「進堂さん、ここにうちの子がいるって聞いてきたんやけど……！」

花菜はピンときた。

（奥さん、きっとご主人にドールの行方を問い質《ただ》したんだ……！）

「ドールですね。いはりますよ。こちらです」

一眞が落ち着いた声で、小代里を飾り棚に案内する。

小代里はガラス扉の中にいる人形たちを見つけると、ほっとした表情を浮かべた。

「セレネ、ルナ……よかった！」

ガラス扉を開けてピンクの髪の少女人形を手に取り、愛しそうに撫でる。

「進堂さん、保管しておいてくれておおきに。今朝、気が付いたらこの子たちがいなくなっていて、必死に捜してん。主人に聞いたら様子がおかしくて、問い詰めたら、『縁庵』に持っていったって白状したの。この子たちを処分しようとするなんて、信じられへんわ！　離婚しようかと思ったわ！」

頭に血が上っているのか、小代里は鬼のような形相でまくし立てた。

（離婚はさすがにいきすぎでは……）

花菜は心配になったが、大切にしていた物を勝手に処分されたら、腹が立つのは当然だろう。

「小代里さん、落ち着いてください。離婚なんて、早まったら駄目ですよ」

興奮している小代里に、一眞がゆっくりと言い聞かせる。

「そやけど、うちの大事な子たちを勝手に持っていって、許せへんわ！」

「とりあえず、座ってください。お茶を淹れますから」

一眞がそばの椅子を引いて小代里を座らせようとした時、開け放たれていた入り口から、男性が入ってきた。瀧雄だ。

「小代里！」

焦ったように妻の名前を呼ぶ。小代里は振り向くと、瀧雄をキッと睨み付けた。

「何しに来たん！　今はあんたの顔を見たくないねん！」

「勝手に処分しようとして悪かった！」

頬が赤く腫れている。もしかしたら、小代里に一発叩かれたのかもしれない。

「うちが、どれだけこの子たちを大切に思っていたか、あんたにはわからへんのやろ！　勝手に持ち出すなんて最低や！」

小代里の剣幕に、瀧雄はすっかりたじろいでいる。

「で、でも……お前、それにめっちゃお金を使ってるやろ……？」

「うちのパート代からやりくりしてるねん！　家に入れてるお金は減らしてへんし、

うちが自分で稼いだお小遣いで、何を買おうと勝手やろ！　あんたやってご近所さんと、やれゴルフだ、やれ飲み会だって、遊んでるやない！」

「うっ……。そ、それは付き合いで……」

「ハッ！　毎週、ゴルフに行っといて、何言うてんの」

鼻で笑った小代里に、瀧雄はタジタジだ。

「一眞さん、修羅場ですよ……！」

花菜は一眞の耳元に口を寄せると、夫妻に聞こえないように囁《ささや》いた。

「これは最悪の展開やね……」

一眞も花菜の耳元で囁き返す。

「どうしましょう」

「夫婦の問題に、他人が口を挟めへんしなぁ」

二人でひそひそと話し合う。

「沙希《さき》が北海道に嫁いでから、うちがどれだけ寂しかったか、ゴルフ三昧のあんたは気付いてへんかったんやろ！　その寂しさを埋めてくれたのがドールやねん！　あんたなんか、おってもおらんでも一緒やわ！　離婚や！」

小代里が悔しそうに歪めた顔に、涙が一筋こぼれる。

瀧雄は、こぶしを握り、俯いている。

「……ああ、そうか。お前がそう言うなら、離婚したるわ」

まさに、売り言葉に買い言葉だ。

瀧雄の絞り出すような声を聞いた途端、花菜は、

「駄目です！」

と、夫婦げんかに割り込んでいた。瀧雄と小代里が花菜に視線を向ける。

「お二人とも、落ち着いてください。そして、お互いの気持ちをしっかり聞いてください。奥さんは寂しかったんですよね」

花菜の言葉に、小代里の唇が震えた。

「……あんたは昔から家族を顧みぃひん。子育ても家のことも私に任せっきり。もっと気を使ってよ。優しくしてよ。趣味ぐらい勝手にさせてよ……」

小代里の本音を聞き、瀧雄は愕然としたようだった。しばらくの間、硬直していたが、いきなりその場に膝をついた。

「――悪かった！　俺は確かに家のことはお前に任せっきりやった。甘えてた。寂しいというお前の気持ちにも気付いてなかった。思えば、お前と沙希は、母娘というよりも、友達みたいに仲がよかったな。気を使ってやれなくて、本当に悪かった……！頼む、離婚はやめてくれ！」

土下座をする瀧雄を見下ろし、小代里が動揺している。

しばらくの間、誰も口を開かなかった。緊張感の漂う沈黙の時が過ぎていく。息をするのも憚《はばか》られるような気持ちで夫妻を見守っていると、

「……そこまでしぃひんでええよ」

小代里がぽつりとつぶやいた。

「あんたが鈍感で気のきかへん人やってわかってたのに、期待したうちが馬鹿やった」

ふぅと嘆息した小代里を、瀧雄が見上げる。

「す、すまん」

「もうええて」

小代里は飾り棚から、もう一体の人形も取りだし、大事そうに胸に抱えた。花菜と一眞に会釈をし、店を出ていこうとした小代里を、瀧雄が呼び止めた。

「小代里！　来週、沙希に会いに行こう！」

小代里が「何を言い出したのか」という顔で振り返る。

「それで、その後は二人で北海道を回ろう！　お前、前に知床《しれとこ》に行ってみたいって言ってたやろ？　富良野《ふらの》でラベンダー畑も見たいって。北海道でカニを食べよう。寿司も食おう。お前の好きな銘菓もたくさん買おう」

夫の突然の提案に、小代里は呆れたようだ。

「いきなり、何を言い出すんかと思えば……。仕事はどうするん？」

「そんなん、休めばええ。ちょっとぐらい平気や」

「ラベンダーは今の時季、咲いてへんよ」

「そ、そうか……」

情けない顔をした瀧雄を見て、小代里は「ふっ」と笑った。

「あんたは昔からそういう人やったね。肝心なところできまらへん」

「悪い……」

「……北海道、考えとくわ」

小代里の表情は和らいでいた。

夫婦げんかは、なんとか収まったようだ。

『千鯉堂』の夫妻が何度も頭を下げて帰っていった後、花菜は、ほっとした気持ちで一眞に笑顔を向けた。

「どうなることかと思いましたけど、なんとかなりましたね」

「ほんまやね。花菜さんが二人のけんかに割り込んだ時はひやっとしたわ」

結果的にうまくいったものの、下手をすれば余計にこじれただろう。

「すみません……。考えなしでした」

しゅんとした花菜の頭を、一眞がぽんぽんと撫でた。

「花菜さんは共感力の強い人やから、黙って見ていられへんかったんやろ？」

「共感力……」

そんなふうに言われたのは初めてで、花菜は目を瞬かせた。

「夫婦って、いろいろあるね」

一眞がしみじみと言ったので、花菜も同意した。

「本当ですね。一緒に暮らせば、良い面だけでなく悪い面も見るでしょうし、そういうところをうまく流しながらやっていかないと、長く続かないのかもしれませんね。『千鯉堂』のご主人さんの場合、奥さんの『ドールが好き』っていう想いを否定して、勝手に処分しようとしたのは、よくなかったんじゃないかなって思います。奥さんが、ご主人さんのことを許せないって思ったのは当然です。人が大切にしている物、何かを好きだという気持ち、理解できなくても、尊重したいですよね。今回は丸く収まりましたけど、そうならなかった可能性もあったでしょうし……」

「確かに、花菜さんの言うとおりやね。でも、さすがに、生活に支障を来すぐらいの、度を超す収集癖があるんやったら、ご家族で相談が必要かもしれへんなぁとは思うけど」

一眞の言い様にも一理あると、花菜は頷いた。

「そうですね」

「良い面と悪い面か……」

ふと真面目な顔になり、一眞が花菜を見つめた。

「僕にもある？」

思いがけない質問に戸惑いながら答える。

「一眞さんは……今のところ、良い面しかありませんよ」

「そう」

花菜の答えに、一眞が少し寂しそうに微笑む。

「僕の悪い面を知ったら、花菜さんは、僕と一緒に暮らしたくなくなるかなぁ」

彼がどういう意図でそんなことを言い出したのかわからなかったが、

「私たち、契約結婚とはいえ、夫婦なんですよ。だから、悪い面も見せてください」

花菜はまっすぐに一眞を見つめ返した。花菜の言葉を聞き、一眞は一瞬息を呑み、
ふっと笑った。

「そうやね。僕らは夫婦やった」

幕間　後悔と願い

「ありがとうございます。ベビーカー、買わなくて済んで助かりました」

定休日の『縁庵』の店内で、お腹の大きな女性が、一眞に頭を下げた。

「お役に立ててよかったです」

一眞はにこりと笑った。

目の前の若夫婦が手にしているベビーカーは、四年前に『縁庵』に持ち込まれ、一旦はもらわれていったものの、「子供が大きくなったので引き取ってください」と、最近になって出戻ってきた物だった。

「こんなにいいベビーカー、手放す方がいらっしゃるんですね」

驚いている夫に説明をする。

「子供が大きくなると、いらへんようになりますしね。いらへん人から必要としている人へ、循環している感じです」

「なるほどなぁ。確かに、子供が大きくなると必要ではなくなる物って、ありますよね。子供服なんかも、どんどんサイズが変わるでしょうし」

夫は感心したように頷いた。そして「ああ、そうだ」と言って、ボディバッグの中から封筒を取りだした。

「これ、よかったらお礼にどうぞ」

「お金ならいただけません」

一眞は慌てて断ったが、夫は一眞の手に封筒を押しつけた。

「違います。お金は受け取らないっておっしゃっておられたので、代わりにと思って持ってきたんです。今は妻がこの状態で、僕らは行けませんし、もらってくださると助かります」

（なんやろ？）

首を傾げながら受け取り、封を開ける。中から出てきたのは『京都水族館』の年間パスポートの引換券だった。

「こんなええもん、もろていいんですか？」

「それ、僕が友達の結婚式の二次会に参加した時にビンゴで当てた景品なんです。もらいものなので、遠慮なくどうぞ」

夫がにこやかに勧める。そこまで言うならと、一眞はありがたく受け取ることにした。

「ほな頂戴します。ありがとうございます」

若夫婦がベビーカーを手に帰っていき、あらためて年間パスポートを見つめる。

（不要品をあげて、お礼をもらう。物々交換の醍醐味やね）

「さて、これをどうするか……」

すぐに、花菜の顔が思い浮かんだ。彼女は今日、高校時代の友人に会いに出かけている。

「帰ってきたら、花菜さんを誘ってみようかな……」

思えば、彼女とデートらしいデートをしたのは、八坂神社へ行った一度きりしかない。

「うん、それがええね」

一眞はひとりごちると、引換券を封筒に戻した。

＊

完全な紅葉にはまだ早い、十一月の上旬。一眞と花菜は、京都駅の西側に位置する梅小路公園《うめこうじこうえん》を訪れていた。

「今日はお天気でよかったです」

肩を並べて歩く花菜が青空を見上げる。

「そうやね。暖かくてよかったわ。後で、公園でお弁当を食べよか」

「いいですね！　一眞さんのお弁当、楽しみ」

　花菜が両手を合わせて嬉しそうに笑った。

『京都水族館』は、梅小路公園の中に立っている。二人は、他の家族連れの後に続いて館内へ入った。

　年間パスポートの引換券は一枚しかないので、一眞が自動発券機で一日券を買おうとすると、花菜が、

「年間パスポートのほうがいいんじゃないですか？」

　と、止めた。

「えっ？　そう？」

「せっかく一枚は年パスなんですもん。また来ましょうよ」

『京都水族館』に来るのは、今日一日だけのつもりだったので、一眞は花菜の意外な提案に驚いた。

　一眞が戸惑っているうちに、花菜が年間パスポートのボタンを押す。

　引換券を年間パスポートに交換すると、二人は入場口を通った。

　まず出迎えてくれたのは、オオサンショウウオだった。複数のオオサンショウウオが、細長い水槽の中で重なりあっている。

「わぁ、すごい！　たくさんいる！」

花菜が目を丸くして、子供のような表情で水槽に近付いた。

「皆、結構大きいですね」

茶色のまだらの体に、一見どこにあるのかわからないような小さな目。花菜が、

「可愛い……と、言えなくもない……？」

と、難しい顔をした。興味津々でオオサンショウウオを観察している彼女の表情が面白くて、一眞は思わず「ふふっ」と笑いを漏らした。

ここは『京の川』というエリアで、オオサンショウウオの水槽の他に、由良川《ゆらがわ》の上流、中流、下流を表した水槽もあり、イワナやヤマメ、コイなどの魚が泳いでいる。

『京の川』エリアを抜けると、建物の外に出た。オットセイやアザラシが飼育されている。チューブ状の水槽の中を行ったり来たりしているアザラシを見て、花菜はしきりに「可愛い可愛い」と喜んだ。

再び建物の中に入る。空を飛ぶように泳ぐペンギンの水槽を通り過ぎると、大水槽の前に出た。照明が抑えられた空間に、光が差し込む青い水槽が浮かび上がっている。

「わぁ……綺麗……」

花菜が水槽の前に歩み寄る。体を煌《きら》めかせながら泳ぐイワシの群れや、舞うように目の前を横切っていくエイに、瞳を輝かせている。その様子を見て、ふと「可愛いな」と思った。普段はしっかり者の花菜だが、まだ二十歳の年若い女性だということ

を思い出した。

（彼女の貴重な時間を、こんな僕のために使わせて、申し訳ないな……）

花菜を早く自由にしてあげなければならない。

けれど、花菜との生活は心地よくて、「もういいで」と言い出せないでいる。

（叔母さんのお見合い攻勢に辟易していたし、今にも、どこの誰ともしれん子と結婚させられそうやったから、切羽詰まって花菜さんに契約結婚を提案したけど……）

両親を亡くしているという花菜の境遇に自分を重ねて親近感を持った。健気に頑張ろうとしている彼女を好意的に感じた。助けてあげたいという気持ちは、あったと思う。

（でも結局、僕は、彼女が仕事と家を失って困っていたところに付け込んだんや……）

ずるいやり方だったと思う。

お互いに好きな人が現れたら、だとか、一緒に生活するのが我慢できなくなったら、だとか、別れる条件を出したものの、今のところ、お互いにその気配はない。

（それに……あの時、花菜さんが、あのランプを割ったから……）

妖精のランプは、一眞が生まれた時に、記念として父が母に贈った物らしい。幼い自分はそれがとても気に入っていて、おもちゃのように、明かりを点けたり消したりして遊んでいた。そのたびに母が飛んできて、『悪戯したらあかんよ。優しく触ってあげてね』と、一眞の手を握った。母の気が引けることが嬉しくて、一眞は何度もランプに悪戯をした。

一眞にとって妖精のランプは、母との大切な思い出の品だった。

両親が亡くなった後、遺品はほとんど処分してしまったが、妖精のランプだけは、捨てることも、誰かに譲ることもできなかった。

花菜はそれを割った。

その時、一眞は咄嗟に、悲しさよりも花菜が怪我をしなかったかのほうが気になった。あれだけこだわっていたランプだったのに、割れたことよりも他人の心配をした自分に驚いた。そして、どうしても手放せなかったランプを壊してくれた花菜が、長年自分の胸に重く沈殿していた後悔を、消してくれる人なのではないかと考えた。

本当は、叔母からの執拗な見合いの勧めを断りたいとか、花菜を助けたいとかいうのは口実で、花菜を自分のそばに留めたくて、衝動的に結婚を申し込んだのかもしれない。

けれど期待に反し、未だに後悔は消えなくて。むしろ、花菜に強引に迫った後悔までがプラスされて。

花菜は時々、夜中に泣いているようだ。理由を聞いても「怖い夢を見た」としか言ってくれない。

(花菜さんは、僕との結婚生活に苦痛を感じているのかもしれない)

明るくふるまっているのは、表面上だけなのかもしれない。

(不安が悪夢を見せるのかも……)

「一眞さん、すごく小さなエイがいますよ。ほら!」

花菜が手招いている。自分の傍らで笑う彼女を見ると、安らぎを感じる。

(両親が亡くなって、美和《みわ》もいなくなって、僕は一人ぼっちになってしまった)

大人なのだから「寂しい」なんて甘えた言葉、口に出すわけにいかない。それなのに、花菜が自分のせいで悪夢を見ても、もう少し一緒にいたいと願ってしまう。

(自分勝手やな男やなぁ……)

一眞はそっと自嘲した。

花菜の隣に立つと、一眞も水槽を眺めた。

「ほんまやね。小さな子がいはる」

「大きなエイの後を追って泳いでいて、可愛いですね」

「まるで依存しているみたいやね」

一眞の感想に、花菜がパチパチと目を瞬かせた。

「仲良しなだけじゃないですか? あの子は、大きなエイのことが好きなんですよ」

花菜の言葉に、今度は一眞が瞬きをした。

「花菜さんはそう思うんや」

花菜は笑ってフロアの先を指差した。

「そろそろ、次に行きましょうか」

歩きだした花菜の後を、一眞はゆっくりと付いていった。


水族館を出ると、梅小路公園の芝生広場へ移動し、レジャーシートを敷いた。

持ってきたお弁当を広げる。花菜が「おいしそう！」と弾んだ声を上げた。

「今日のメニューは、かやくご飯のおむすびと、自家製鮭フレークのおむすび。おかずは、コーンと鳥の胸肉を合わせたからあげと、えのきのベーコン巻き、カボチャの茶巾、キュウリと人参とうずらの玉子のピクルス。こっちの小さな容器には、梨が入ってるで」

「わぁ！　カラフル！」

嬉しそうに笑う花菜を見て、朝から作った甲斐があったと思う。

「いただきまーす！」

かやくご飯のおむすびを箸で摘んで一口囓《かじ》り、

「おいしい〜！」

花菜が目を輝かせた。彼女はいつも、笑顔で一眞の料理を食べてくれる。

「一眞さんって、本当にお料理上手ですよね。そういえば、前はレストランに勤めていたって言っていましたよね」

「そうやね。調理師学校を卒業した後、神戸のレストランに就職してん」

「退職して、『縁庵』を始めたんでしたっけ?」

花菜に質問され、一眞は、昔のことを思い出しながら答えた。

「レストラン時代は、神戸で一人暮らしをしてたんやけど、両親が亡くなった後、京都に戻ってきてん。と言っても、今の町家にはそれまで住んでいたことがなくて、生まれ育ったのは別のマンションやったけどね」

「前は左京区に住んでいたって言ってましたよね」

以前一眞が語った話を、よく覚えている花菜に、「そうやで」と頷いてみせる。

「両親は町家暮らしに憧れてはったから、僕が独立した後、あの町家を購入して引っ越さはってん。お父さんは、大手の会計事務所に勤めていた会計士やったけど、町家購入と同時に独立して、自分の事務所を持たはった。それが『縁庵』の前身。両親が亡くなった後に事務所を改装して、『縁庵』を開いたんやで」

「へえ! そうだったんですね! 自分のお店を開いた一眞さんは、やっぱりすごいなぁ」

感心している花菜を見て、「相変わらず素直な人やなぁ」と思った。

『縁庵』を始めるためには、父の事務所を改装しなければならなかった。オフィス家具や応接用に使っていたソファーなどは、欲しいという人に譲った。カフェ用のキッチンが入り、客席用のテーブルが入り、どんどん変わっていく部屋の中を、複雑な思いで見つめた。

（いつまでも事務所の状態のままにしておくわけにもいかへんかったし。どうせなら、自分の店を持ちたかったし）

花菜は、からあげを口に入れて目を細めている。彼女を見て、ふと、考える。

（花菜さんは物の思い出が見えるって言ってたけど、ほんまやろか？）

花菜からその話を聞いた後、一眞は豊に「花菜に子供たちの話をしたことがあるか」と確認をした。豊の答えは「ない」だった。

亜紀が『縁庵』に来た時に、「私、カズ君に、あの腕時計が彼氏からのサプライズプレゼントやったって、話したことあったっけ？」と聞かれた。花菜に聞くまでは知らなかったので、首を横に振ると、亜紀は「じゃあなんで花菜ちゃんは知ってたんやろう」と、不思議そうな顔をした。

（花菜さんは嘘をつくような子やない）

信じられない話だが、花菜の力は、きっと本物なのだ。

（もしかして花菜さんやったら、妖精のランプにも思い出が見えるんやろか？）

見えるだけでなく、声も聞こえると言っていた。妖精のランプに思い出が宿っているのならば、自分は両親の声を聞きたいだろうか。――そう考えて、怖くなった。声を聞いたら、きっとまた、後悔に襲われる。

（……まあ、僕には、彼女のような力はないんやけど）

一眞も箸を取り、鮭フレークのおむすびを摘む。

秋の日は、穏やかに過ぎていった。

第四章　近付きたい

和のイメージが強い京都の街で、洋の雰囲気が漂うエリア、北山《きたやま》。

花菜と一眞は、今日は、街路樹のイチョウが色づいた北山通を、少し北へ入った場所にある一軒家を訪れていた。

北山の風情に合う小洒落《こじゃれ》た家は、花菜が『縁庵』に引っ越す時に手伝いをしてくれた、一眞の高校時代からの友人、鶴田友樹《つるたゆうき》の自宅だ。

「これはまた……雑多な部屋やね」

一階の八畳間に案内された途端、一眞は呆れ顔で、友樹を振り向いた。

「ははっ、そうか?」

友樹が腰に手を当て、朗らかに笑う。

花菜も興味深く室内を見回した。天井まで届く本棚に、CDとブルーレイディスクとマンガ本が並んでいる。カラーボックスの中には手をつけられていないプラモデルの箱が重ねてある。部屋の隅にはギターケースが立てかけられていて、その反対側にはダンベルと腹筋ローラーとストレッチポールがあった。五十インチの液晶テレビの前には、一人用のソファーが置かれている。

「ここは鶴田さんの趣味のお部屋なんですか？」

花菜の問いかけに、友樹が「そう」と頷く。

「ちょっと物が増えちゃってさ。収拾つかなくなってきたから、片付けようと思って」

「ギターをやっていらっしゃったんですか？」

花菜がギターを指差したら、友樹は肩をすくめた。

「やろうと思ったんだけど、三ヶ月で飽きた」

「その様子やと、筋トレの道具も、すぐに飽きたんちゃう？」

一眞に向かって、友樹が「ご明察」と笑う。どうやら友樹は、はまりやすく、飽きっぽい性格のようだ。

「楽器も筋トレ道具もいらないから、引き取ってくれていいよ」

気軽にそう言われ、一眞が、やれやれという顔をする。

「ええけどね。楽器とスポーツ用品は人気やから、ＳＮＳに載せたら、欲しいって言わはる人も現れるやろうし。ほな、大きい物から車に積んでいくわ」

「おう、頼む」

一眞がギターケースを手に部屋を出ていく。花菜は筋トレ道具に近付いた。ダンベルを持ち上げようとしてみたものの、結構重い。

「花菜ちゃん、無理しなくていいよ。そっちのストレッチポールなら軽いから」

友樹が花菜の横からダンベルを取り上げ軽々と運んでいく。花菜は言われたとおりにストレッチポールを抱くと、友樹の後に続いた。

一眞が借りたレンタカーに荷物を積み込む。再び家に入り、一眞が腹筋ローラーを持っていき、花菜と友樹はＣＤやブルーレイディスク、マンガ本、プラモデルの選別を始めた。

友樹があらかじめ用意していた段ボール箱を組み立て、詰めていく。友樹は「あれもいらない、これもいらない」と思い切りがいい。花菜は、「ここからここまではオーケー」と言われたマンガ本を、できるだけたくさん入るように工夫しながら、段ボール箱に入れていった。

途中から、一眞も整理に加わる。

「ユウ、こっちにある映画のブルーレイディスクは？」

「ひと通り見たやつだから、全部入れていいぜ。今はサブスクで見られる映画も多いしな。――いや、ちょっと待て。そのアニメの特装版は置いておいてくれ」

「そういえばユウ、このアニメに一時期はまってたね。僕にも勧めてた」

「ロボットが格好いいんだよな～。ロボットアニメは男のロマンだ！」

「僕はそんなに夢中にはなれへんかったけどね」

「そのアニメの熱さがわからないなんて、お前は淡泊すぎる！」

「はいはい」

軽口を叩き合っている二人を見て、花菜は微笑ましい気持ちになった。

（鶴田さんは高校の時の転校生だったたって話だっけ。一眞さんから話しかけて仲良くなって、それから今までお付き合いが続いているんだから、本当に仲がいいんだろうな）

一眞のくだけた様子がめずらしく、花菜がにこにこしていると、彼が不思議そうにこちらを向いた。

「どうしたん？　花菜さん」

「お二人、仲がいいなって思っていたんです」

花菜がそう言うと、一眞と友樹は顔を見合わせて笑った。

「腐れ縁だな！」

友樹の言い様に、花菜も笑う。

和気藹々《わきあいあい》と片付けを進めていると、扉から、男の子がひょっこりと顔を出した。姿に気が付いた友樹が、

「竜之介《りゅうのすけ》」

と、名前を呼んだ。

「今は忙しいから遊べないぞ」

「竜之介君、大きくなったね。いくつになったん？」

一眞の口ぶりで、花菜は、竜之介が友樹の息子なのだと察した。

「四歳だ」

「竜ちゃん、パパの邪魔をしたら駄目よ」

おっとりとした声が聞こえて、竜之介の後ろから、友樹と同い年ぐらいの女性が現れた。丸顔で、優しい雰囲気の人だ。一眞が挨拶をする。

「希実《のぞみ》さん、お久しぶりです」

「花菜ちゃん、嫁の希実」

友樹に短く紹介され、花菜は希実にお辞儀をした。

「花菜です」

希実が微笑みながら会釈を返す。

「一段落したら、リビングに来てくださいね」

そう言うと、竜之介の背中を押して戻っていった。

「竜之介君、可愛いですね」

花菜が笑顔を向けると、友樹は嬉しそうに、

「やんちゃ盛りで手を焼いてるよ」

と、父親の表情を浮かべた。

おしゃべりをしながら作業を続け、一時間近く経つと、友樹の趣味部屋は概ね片付いた。段ボール箱の蓋に粘着テープを貼る。

「俺らはこれを車に運ぶから、花菜ちゃんは先にリビングに行っておいて」

友樹に勧められ、花菜は素直にリビングに向かった。

磨き込まれ、埃の落ちていない廊下を歩く。リビングに入ると、キッチンに立っていた希実が振り返った。

「終わりました？　どうぞ座ってくださいな」

ダイニングテーブルを指差され、椅子を引いて腰を下ろす。

テーブルの上には何も物が置かれていない。キッチンカウンターもすっきりとしている。

おしゃれなペンダントライトを見上げながら、花菜は希実に声をかけた。

「綺麗なお部屋ですね」

ちらりと見えるキッチンも片付いていて、無駄な物は出ていない。ガスコンロのそばに、愛宕神社《あたごじんじゃ》の『火迺要慎《ひのようじん》』の札だけが貼られていた。

「掃除に気を使っておられるんですか？」

花菜が声をかけると、電気ケトルでお湯を沸かしていた希実が顔を上げた。

「そうですね。気をつけています。私、家がごちゃつくのが好きではなくて、必要な物以外は極力買わないようにしているんです」

「徹底されていて、すごいです！」

花菜は感心した。『縁庵』の二階の居住スペースは、一階の店舗スペースよりも片付いているものの、ダイニングテーブルの上に郵便物が重ねてあったり、キッチンの見えるところにたくさんの調味料が並べられていたりと、生活感が漂っている。

希実の几帳面さを表すように、リビングも片付いているが、おもちゃ箱のそばにロボットが落ちていた。壁には子供が描いたとおぼしき絵が飾られていて、小さな子供のいる家庭らしい一面も垣間見え、花菜は温かな気持ちになった。

希実が、ティーカップとお菓子の載った皿を運んできた。花菜の前に置かれたのは、北山にある有名洋菓子店のシュークリームだった。

「家には神様が宿っているというお話を知っていますか？」

希実の言葉に、花菜はきょとんとした。

「神様？」

「諸説ありますが、台所を守っているのは大黒様《だいこく》、火の元を守っているのは三宝荒神《さんぽうこうじん》様、トイレを守っているのは烏枢沙摩明王《うすさまみょうおう》様なんて言いますね」

怪訝な顔をしている花菜に、希実が笑いかける。

「神様は穢《けが》れを嫌うんだそうです。穢れている家には疫病神や貧乏神がやって来ます。つまり、運気が下がるんです」

「へえ……」

「あとは、風通しをよくしておくことも大切なんだそうです。神様の通り道ですから。――冷めないうちにどうぞ」

希実が花菜に紅茶を勧めた。花菜はティーカップを手に取ると、口を付けた。ベルガモットのいい香りがする。

紅茶を飲む花菜に、希実が「お菓子も召し上がってください」と言って、話を続けた。

「家の神様のお話は、前に何かのコラムで読んだんです。もともと大黒様はインドでは厨房の神様だったそうですし、町家の台所では荒神棚の上に布袋さんをお祀りしていたりもしますから、昔からあるお話なんでしょう。でも、運気が下がるとか、神様の通り道だとかは、あまり聞いたことがないので、ライターさんの個人的な考えかな？　って思いました」

希実は「ふふっ」と笑った。

「けど、そのコラムを読んで、言われてみればそうかもって気がしたんです。火事を起こさないように、トイレを不潔にしないように、家に湿気をこもらせないように。

気持ちよく、健康に過ごす秘訣のように感じたんです。神様を大切にするっていう考えは、家を清潔にしましょうっていう教えなんだなぁって」

「だから、掃除に気をつけたり、物をあまり置かないようにしておられるんですね」

「物が多いと、風通しが悪くなりますしね。定期的に見直して、不要になった物は処分するようにしています。友樹さんは物をたくさん買いますけど、考え方は私と一緒なので、物に対する執着が薄くて、手放す時は思い切りがいいんですよ。まあでも、友樹さんの場合、使わない物を買いすぎなので、もう少し考えてほしいとは思います」

　苦笑いを浮かべた希実を見て、花菜も苦笑した。

「確かに、鶴田さんの趣味のお部屋は物だらけでした。しかも、高そうな物も思い切りよく手放していかれるので、びっくりしちゃいました」

「ふふ。でもね、こんな私たちでも、捨てられない物はあって……」

　希実が壁の絵に目を向けた。優しいまなざしをしている。

「子供の物は特別です。落書きすら捨てられなくて。本当に大切な物は、手元に残しておきたいですね」

（捨てられない物か……）

　以前、一眞は「思い出は胸の中に」という考え方もありだと言っていた。

（結局、手放すか、残すか、後悔しないように選択するのは、自分なんだろうな）

花菜と希実が話していると、

「何？　俺の話してたの？」

友樹がリビングに入ってきた。

「あなたが物に執着がないっていう話をしていたの」

希実が答える。

「確かにそうだな」

友樹が朗らかに笑った。

「物を手放す時は、未練を残したら駄目なんだよ。物の整理は気持ちの整理みたいなもん。俺は今日、使わなくなった過去の趣味道具を処分して、『またやる時もあるかも』なんて思ってた気持ちがすっきりしたよ。身軽になったら、また新しいことを始められる。部屋も広くなるしな」

友樹の持論を聞いて、一眞も笑う。

「相変わらず、さばさばしてるわ」

「二人も座って。お茶を淹れるから」

希実が促し、一眞が花菜の隣に、友樹が正面に座った。二人の分のシュークリームと紅茶が運ばれてくる。皆でおしゃべりをしながらお菓子を食べる。

話題は、お互いの夫婦の出会いについて。一眞はそつなく、花菜が『縁庵』の常連だったという嘘のエピソードを話し、友樹は、希実とは会社の同僚で職場結婚だったと話した。

大人たちがしゃべっていると、隣の和室で遊んでいた竜之介がやって来た。一眞の服を掴んで引っ張る。

「あっちいこ。電車で遊ぼ」

しきりに廊下を指差す。

一眞は「ええで」と言って立ち上がると、竜之介の手を引いてリビングを出ていった。

「あっちの部屋には、線路のおもちゃを敷いてあるんだ。カズは、うちに来るたびに竜之介と遊んでくれるから、竜之介もカズのことを気に入ってしまって」

一眞の後ろ姿を目で追っていた花菜に、友樹が教えてくれる。自分も行ったほうがいいだろうかと考えていると、

「花菜ちゃん」

友樹があらたまった様子で名前を呼んだ。

「カズと暮らしてどう?」

「どう……と言いますと……?」

友樹の質問に首を傾げる。

「カズ、交通事故で両親亡くしてるだろ? 当時は、すごく落ち込んで、憔悴しきってたんだ。仕事もできない状態になって、退職して、実家に引きこもってた」

「えっ……」

花菜は息を呑んだ。

一眞は、両親を亡くした後、勤めていたレストランを辞めて、『縁庵』を始めたと言っていた。花菜は無邪気に「すごいですね」と感心していたが、その間、一眞が苦しんでいたことを想像できていなかった。

(一眞さんのご両親、お亡くなりになっているとは聞いていたけど、交通事故だったんだ……。もしかして、お二人とも……?)

配慮のない言葉を口にしてしまったと、後悔する。

花菜の様子を見て、友樹が「あれっ?」という表情を浮かべた。

「あいつ、両親のこと、花菜ちゃんに話してなかったのか?」

「はい……」

「カズの両親は旅行中、交通事故に遭ったんだよ。観光バスが横転したんだ。お二人同時に亡くなってしまって。即死だったらしい」

友樹のさらなる言葉に、花菜は絶句した。

（旅行中の事故で、即死……）

一眞の喪失感を想像し、胸が痛くなる。

「こんなこと、花菜ちゃんに教えないほうがいいのかもしれないけど、今はもう花菜ちゃんがカズの妻なんだし、あいつのわだかまりが溶けたと思って話す」

友樹が、思い切った様子で花菜を見つめる。何を言われるのだろうと、花菜は身構えた。

「あいつ、両親が亡くなった当時、恋人がいたんだよ。俺はてっきり、二人は結婚するんだって思ってた。あいつは両親を一度に失ったけど、彼女がそばにいるからカズは一人じゃない、大丈夫だって信じてた」

（一眞さんに、恋人がいた……）

花菜は、すうっと体温が下がったように感じた。思いがけない事実を聞き、ショックを受けている自分に気付く。

「カズの恋人は、落ち込んでいるカズを一方的に振ったんだ。その話をカズから聞いた時、俺は彼女に対して、すごく腹が立った。カズの心の傷に塩を塗るような真似をした彼女のことを許せなかった」

友樹から、一眞の過去を聞き、花菜は何も言えず膝の上でこぶしを握った。希実は、二人の話を聞いていないふりをしてキッチンで洗い物をしている。

「俺は、傷ついたカズを癒やしてくれる人が早く現れたらいいのにって願ってた。だから、花菜ちゃんがカズのところに来てくれて、本当に嬉しかったんだ」

友樹は花菜をまっすぐに見つめると、「ありがとう」とお礼を言った。

「カズのこと、よろしくな」

（私と一眞さんは契約夫婦でしかないけれど……私でも何かできることがあるのなら）

花菜はこくんと頷いた。友樹が、ほっとした表情を浮かべる。

「そういや、あいつが物々交換を始めたのって、両親が亡くなった後だったなぁ。ある時から、猛烈に実家の片付けを始めだして、いろんな物を人に譲るようになったんだ。いきなりどうしたんだって聞いたら、『いつまでも置いておいてもしかたがないから、両親の遺品を整理してる。捨てるにはもったいない物は、使ってくれるっていう人がいたら譲ってる』って言ってさ。親父さんの事務所も改装して、自分の店を始めた頃には立ち直ってたようにみえた。本当のところはどうだったのか、わからないけどな」

（一眞さんが物々交換を始めたのって、ご両親の死がきっかけだったんだ……）

数ヶ月の間、一緒に暮らしてきたのに、自分は一眞の表層しか見ていなかったことに気付く。

本当の夫婦ではないので、一眞の内面に踏み込んではいけないと、頭のどこかで遠慮をしていたのだろうか。

花菜はそっと落ち込んだ。

鶴田夫妻とおしゃべりをしたり、竜之介と遊んだりしているうちに夕刻になった。「晩ご飯も食べていったらどうか」と誘われたが、丁重に断り、花菜と一眞は鶴田邸をお暇《いとま》した。

「花菜さん、疲れたんとちがう？」

助手席に座る花菜に、一眞が声をかけた。

「少し。でも楽しかったです。今日はいろんな物を引き取りましたね。帰ったら写真撮影ですか？」

「量も多いし、僕も疲れたから、撮影は明日にするわ。とりあえず、荷物を家に運んだら、車を返しに行ってくる」

花菜は、前方を見ながら答える一眞の横顔に目を向けた。一瞬、「一眞さんにはお付き合いしていた方がいたんですね」とさりげなく聞いてみようかと思ったが、複雑な事情がありそうだったのでやめておいた。

（誰だって、過去の傷には触れられたくないよね……）

あらためて、一眞が花菜に契約結婚を申し込んだ経緯について考える。

（叔母様からのお見合い攻勢に対抗するための嘘の結婚……のつもりだったんだよね？）

一眞がお見合いをしたくなかったのは、昔の恋人が忘れられなくて、他の誰かと結婚したくなかったからなのだろうか。なら、花菜を選んだのはなぜだろう。

（利害関係が一致したから、嘘の夫婦関係を結ぶにはちょうどよかった……とか？それとも、あの日、たまたまそばにいたのが私だったから？）

なぜだか無性に悲しくなり、花菜は俯いた。

「花菜さん？」

静かになった花菜に気が付き、一眞が視線だけでこちらを見る。

「眠たくなった？」

優しい声で問いかけられる。花菜は答えずに、目を閉じた。

＊

『花菜さん、離婚しよう』

一眞の言葉に、花菜は息を呑んだ。

『急に、どうして……？』

『この人と結婚することになったから』

いつの間にか、一眞の隣に女性がいる。目の前にいるはずなのに、不思議と顔ははっきりしない。

『嘘……』

花菜が、いやいやをするように首を振ると、一眞は冷たい表情で、

『そういうことやから、さよなら』

と言った。女性の肩を抱き、歩き去っていく。

花菜はその後を追った。

『待って！　置いていかないで！』

手を伸ばしても、一眞の背中に届かない。

「一人にしないで！」

いつものように、自分の声で目が覚める。心臓が早鐘を打っている。嫌な、とても嫌な気持ちが胸の中に渦巻いている。

花菜は半身を起こし、落ち着こうと、何度も深呼吸を繰り返した。

——今夜も来てくれるだろうか。

花菜は戸に視線を向け、優しい声が自分の名前を呼んでくれるのを待った。

「花菜さん？」

期待どおり、一眞の声が聞こえた。

「今夜も悪い夢を見た？」

「はい、すごく嫌な夢を……」

花菜が答えると、

「大丈夫？　水を持って来ようか？」

と、気遣う言葉が返ってくる。

花菜は布団から出て立ち上がると、戸のそばへ向かった。鍵を開け、横に引く。

姿を現した花菜に、一眞は驚いているようだった。

「花菜さん、泣いてたん？」

一眞に指摘されて気が付いた。手の甲で頬をこすり、涙を拭う。

そんな花菜を見て、一眞は躊躇《ちゅうちょ》する様子を見せた後、

「言おうと思ってたことがある」

と、口を開いた。嫌な予感を抱いて、一眞を見上げる。

「離婚しようか」

「え……」

夢と同じ台詞を言われ、花菜の体が硬直した。

「花菜さんが悪夢を見るのって、僕のせいやろ？　無理矢理、僕と結婚させたから。花菜さんはいつも笑っているけど、本当は嫌やったんやろ？　……わかってたのに、引き留めて、かんにん」

寂しそうに微笑む一眞を見て、胸がぎゅうっと痛くなる。

「ち、違う……」

「ほら、そうやって優しいことを言う。無理しぃひんでええよ。……今すぐとは言わへんし、引っ越し先が見つかるまではいてくれたらええから」

「違います！」

勝手に話を進めようとする一眞の寝間着を、花菜は思わず掴んでいた。一眞がびっくりした表情で、花菜を見下ろした。

「私の悪夢は一眞さんのせいじゃなくて！　一眞さんとの契約結婚が嫌とかじゃなくて！　母が死んだ時のことを思い出すから……」

「どういうこと？」

困惑している一眞に向かって、花菜は続けた。

「私の母は仕事帰りに道端で倒れて、そのまま亡くなってしまったんです。通りがかった人たちが助けようとしてくれたけど、間に合わなくて……。母が亡くなった時の悪夢を何度も見るんです。そんな夜は後悔に押し潰されそうで、一人が不安で怖くてたまらなくなる……」

一眞の寝間着を掴む手に力が入る。俯いて声を絞り出す花菜を見つめていた一眞の表情が苦しそうに歪んだ。

「ごめん！」

一眞が花菜の両腕を握った。

「花菜さんがそんな過去を抱えているなんて、全然知らんかった！　お母さんがそんな亡くなり方をしたら、怖くて当然や。一緒に暮らしているのに、花菜さんの苦しみに気付いてあげられなくて、ごめん……！」

花菜の前髪に額が触れるほど、一眞が頭を下げる。後悔のためか、一眞の息が震えている。花菜は目を上げた。思っていたよりも間近に一眞の顔があり、ドキッとした。

「でも、ここへ来てからは、悪夢を見るたびに一眞さんが声をかけてくれたから……」

花菜は一眞の額に、こつんと自分の頭を付けた。

「一人じゃないって、ほっとしたんですよ」と囁く。

一眞が花菜の腕を引いた。背中へ手を回し、ぎゅっと抱きしめる。

「僕でよければ、怖い夢を見た時はいつでも呼んで」

力強い言葉に、花菜の胸が温かくなる。

「ありがとうございます、一眞さん」

不安な夜に、そばにいてくれる人がいる。そのことが嬉しくて、心強かった。

＊

圭司から「以前、ウェディングフォトを撮った客が、実家の倉の片付けに困っているそうなので、力になってあげてくれないか」と連絡が来たのは、冬も間近に迫った頃のことだった。

圭司と懇意にしている客は、兼田純也《かねだじゅんや》と深郷《みさと》という結婚八年目になる夫妻で、写真スタジオ勤務時代に、結婚式撮影を担当した縁で、今も繋がりがあるとのことだった。

「奥さんの深郷さんのご実家が美山《みやま》にあるらしいんやけど、お父さんを亡くされていて、老齢のお母さんも施設に入らはって空き家になってしもたから、片付けて人に譲ろうと思ってるって話やったわ。えらい立派な日本家屋らしいで」

「そうなんですね」

朝食の席で、食パンを囓《かじ》る花菜に、一眞が説明をする。一眞はゆで玉子を器用に剥きながら、さらっと花菜を誘った。

「よかったら、花菜さんも行かへん？　美山」

「美山って、確か『かやぶきの里』があるところでしたっけ？」

「そう」

京都府《きょうとふ》南丹市《なんたんし》美山町《みやまちょう》は、昔ながらのかやぶき屋根の民家が現存していることで有名だ。日本の原風景に出会える場所として観光客に人気なのが『かやぶきの里』だった。

「もしかして、奥さんのご実家って、かやぶき屋根の家なんですか？」

期待しながら尋ねたら、一眞は「違うで」と手を振った。

「大きくて立派な家らしいけど、普通の民家やって。でも、場所は『かやぶきの里』に近いから、せっかく行くんやったら観光したいなと思って。それに……」

一眞はそこで一旦言葉を句切ると、ふと花菜から視線を逸らし、

「花菜さんと、今のうちにいろんなところに行けたらいいなと思って」

と、照れくさそうに頬を掻いた。

（私といろんなところに行きたいって……）

花菜よりもかなり年上の男性である一眞が、恥ずかしがっている様子が可愛らしく感じられて、思わず胸がきゅんとした。

「美山って行ったことがないので、行ってみたいです！」

ときめいたことに慌ててしまい、花菜は急いで答えた。

そして、翌週の『縁庵』の定休日。花菜と一眞はレンタカーで日帰りのドライブに繰り出した。

京都市内から美山町までは、鷹峯街道《たかがみねかいどう》と周山街道《しゅうざんかいどう》を経由し、約一時間半。山間の道を抜け、道の駅まで辿り着いた後は、由良川《ゆらがわ》に沿って走る。水田や昔ながらの家々が立つ風景を眺めているうちに『かやぶきの里』に着いた。

集落から少し離れた場所にある駐車場に車を停める。

「あそこですか？」

車外に出た花菜は、向こうに見えるかやぶき屋根の家々を指差した。一眞が、

「そうやで。行こか」

と、花菜を促す。

駐車場のそばにある土産物店で地図を手に入れた後、花菜と一眞は『かやぶきの里』へ向かった。

肩を並べて歩いていくと、集落の入り口にレトロな丸形の郵便ポストがあった。時が止まったかのような昔ながらの風景に似合っている。

「兼田さんの家にお伺いする前に、ここで昼ご飯を食べようと思って、お店の予約してあるねん」

一眞は腕時計を見た後、

「ああでも、予約時間には、まだ早いね」

と言った。

「せっかく来たんですから、ぶらぶらしましょう」

「そうやね」

地図を見ながら、ひな壇状にかやぶき屋根の家が立つ集落内を、のんびりと歩く。

ここ『かやぶきの里』は、国の重要伝統的建造物群保存地区に選定されている。ほとんどが民家で、景観を支える農村の暮らしを守りながら、生活をしているのだそうだ。

集落はそれほど広くはない。外れまで行くと神社があった。知井八幡神社《ちいはちまんじんじゃ》というらしい。

鳥居をくぐり、木々に囲まれた境内に入る。古びた拝殿の向こうに本殿が見え、近付いた花菜は思わず、「わぁ……」と感嘆の息を吐いた。

本殿の屋根の下は、精緻な彫刻で飾られていた。菊花や松、鳩、聖獣や瑞鳥の姿も見える。

「見事やね。ここは八幡神社やから、鳩なんやね」

あちこちに彫刻されている鳩を見て納得している一眞に、花菜は尋ねた。

「どうして鳩なんですか?」

「八幡神のお使いが、鳩やって言われてるからやね」

一眞がにこりと笑って答える。

本殿前に掛けられていた説明板を読んでみると、造営は明和《めいわ》三年、彫刻師は判明していないと書かれていた。

「明和三年……一七六六年ってことは……」

「江戸時代やね」

一眞が間髪を入れずに答えた。

「歴史がありますね」

「こんなにすごい彫刻をした人が、わかってへんっていうのもロマンがあるね」

彫刻を鑑賞した後、二人は鈴を鳴らして手を合わせた。

境内は、集落内よりも気温が低く感じられる。それが、この場の清浄さを醸し出しているものの、やはり寒い。

「冷えるし、お店に行こか。そろそろ時間やし、入れるやろ」

花菜の背を、一眞がそっと押した。

一眞が予約を入れておいたという店は、神社からそれほど離れてはいなかった。

築二百五十年だという、かやぶき屋根の建物に入ると、店員が出てきて、二人を縁側のテーブル席へ案内した。

花菜は興味深く店の中を見回した。畳敷きの部屋には座卓があり、座布団が敷かれ、昭和レトロな電灯が吊り下げられている。一眞が引き取ってくるような古家具も置かれていて、田舎の祖父母の家というのは、こういう雰囲気なのだろうかと思った。

「花菜さん、何がええ？」

一眞にメニューを差しだされ、花菜は悩んだ。ここは石窯ピザの店らしく、どれもおいしそうだ。

ルッコラとプロシュート生ハムのピザと、梅ジュースを選び、注文をする。

一眞とおしゃべりをしていると、しばらくしてピザが運ばれてきた。生のルッコラの上に、贅沢にプロシュートが盛り付けられている。

皿に取り分け、「いただきます」と手を合わせた。

一口食べて、花菜は目を丸くした。苦味のあるルッコラに、塩味のあるプロシュート、モッツァレラチーズの組み合わせが絶妙だ。生地の焼き加減もよく、もちもちしている。

「すごくおいしい！」

満面の笑みを浮かべた花菜を見て、一眞が嬉しそうな顔になる。

「よかった。花菜さんに喜んでもらえて」

梅ジュースも爽やかで飲みやすい。口の中がさっぱりとして食が進む。

他のピザも気になり、追加注文をすることになった。

食事を終え、会計をして店を出た後、花菜は一眞を振り向いた。

「私、このお店好きです！　一眞さん、また食べに来ましょうね！」

一眞は無邪気に笑う花菜につられたように、ふわりと目を細めた。

「……そうやね」


兼田邸は『かやぶきの里』から少し離れた場所にあった。聞いていたとおり立派な日本家屋で、敷地も広そうだ。

事前に確認していた場所に車を停め、建物に向かう。インターフォンを押すと、三十代半ばぐらいの男性が姿を現した。

「兼田さんですか？」と一眞が尋ねたら、男性は人好きのする笑顔で、

「はい。兼田純也です。あなたが飯塚さんが紹介してくださった進堂さんですね」

と、答えた。

「進堂一眞です」

一眞が目で促したので、花菜も、

「花菜です」

と、お辞儀をする。

「ご夫婦で、遠路はるばるすみません」

「かまいませんよ。観光もしてきましたし」

申し訳なさそうな純也に、一眞が軽く手を振る。

「ね、花菜さん」

同意を求められたので、花菜も純也に笑いかけた。

「はい。大丈夫ですよ。美山には一度来てみたかったんです。綺麗な場所ですね」

花菜の感想を聞いて、純也が嬉しそうな顔をする。

「『かやぶきの里』に行って来られたんですか？　どうでしたか？　あ、どうぞ、上がってください」

純也に家の中を案内をされながら、花菜は答えた。

「日本の原風景って感じで素敵でした。知井八幡神社もお参りしたんですけど、本殿が立派ですごかったです」

「そう言っていただけると、妻も喜びます。彼女は美山出身ですからね。飯塚さんからお聞きだと思いますけど、この家は妻の実家でして。あっ、彼女が妻の深郷です」

通された客間に、長い髪をポニーテールにした女性が座っていた。歳は純也よりも少し若そうだ。

深郷の周りには古びた道具が並べられている。整理中だったのか手を止めると、花菜と一眞のほうを向いて、丁寧に頭を下げた。

「深郷です。今日はほんまにすみません」

「気にしぃひんといてください。どんな物があるんやろと思って、楽しみにしてました。これ全部、倉から出てきた物ですか?」

座敷の一角を占めている古道具に目を向け、一眞が感心した顔をする。

「えらい多いでしょう? うちの両親、使わへんもんは、とりあえずなんでも倉に突っ込んでたみたいで」

「進堂さんに来ていただく前に整理しておこうと思って、二人がかりで倉から出したんです」

「思っていた以上に大変やったね」

深郷と純也が交互に言い、顔を見合わせて苦笑する。

「拝見しても?」

「どうぞどうぞ」

純也の許可を得て、一眞が古道具のそばにしゃがみ込む。花菜も隣に座り、並べられた品々を見回した。

大きな竹製のざる、木の桶、木箱、陶器の火鉢、古くて立派な三面鏡……。

特に木箱の数が多い。蓋が付いた物もあれば、付いていない物もある。大きさもまちまちだ。

（何が入っているのかな？）

花菜はそばにあった木箱に触れた。蓋は上下にスライドできる形式だったので、引き抜いてみると、中には漆塗りの食器が入っていた。同じ箱が他にもあるので、何セットもあるのだろう。

「一眞さん、すごい物が出てきましたよ！」

漆塗りの食器など、高価なのではないだろうか。

これはきっと良い物だと思い、花菜は一眞に期待を込めたまなざしを向けたが、一眞は意外にも弱った顔をした。

「たくさんあるってことは、お祝いや法事の席で、食事をする時に使ってはったんやろね。昔は家ですることが多かったみたいやし」

「高価そうですし、すぐに引き取り手が見つかるんじゃないですか？」

「そうでもないねん。今は家で行事をしはるところも少ないし、漆の食器は食洗機にもかけられへんやろ？　あんまり需要がないねんな……」

意外な答えに、花菜は「そうなんですか？」と目を丸くした。

二人の会話が聞こえていたのか、

「ほな、捨てなあかんやろか」

と深郷が困り顔で夫を見る。

「使い道がないんだったら、仕方ないね」

肩をすくめ、純也もがっかりしている。

「一応、写真を撮らせてもらって、SNSに上げてみます」

一眞の言葉に、兼田夫妻は「お願いします」と頭を下げた。

「じゃあ、ざるとか桶とか火鉢とかも難しいんじゃ……」

今時、こんな大きなざるを使うだろうか。エアコンがあるのだから、火鉢も必要ないだろう。

花菜の予想に反して、一眞は今度は、

「そうでもないで」

と、笑った。

「昔のざるや桶って造りがええから、欲しいっていう人がいはるねん。火鉢も人気やで」

「えっ？　エアコンがあるのに、わざわざ火鉢を使う人っているんですか？」

驚いた花菜に、一眞が悪戯っぽい笑みを向ける。

「メダカを飼ってはる人が、使わはんねん」

「ああ！　なるほど！」

水槽にするということかと、花菜は納得した。陶器の火鉢にメダカが泳いでいる様子を想像する。きっとおしゃれだろう。

「じゃあ、こっちの三面鏡は？」

「それがまた、人気ないねんな……」

「理由は？」

「小さい鏡やったらともかく、大きな鏡台の前で、正座してメイクしぃひんやろ？今の鏡台って椅子が付いてるやん」

「確かに！　兼田さんの家のような日本家屋は和室も多いでしょうけど、今の家って洋室が多いですもんね」

昔と生活スタイルが変わったのだなと実感する。

これはどうだ、あれはどうだと話しながら、花菜と一眞は古道具を検《あらた》めていった。

一眞が、人に譲れそうだと判断した物を、純也と深郷が分けていく。

（本当にいろんな物がある）

りんご箱という蓋のない木箱は、積み重ねて本棚として使ったり、おしゃれな収納家具として使ったりする人がいるらしく、人気だとのこと。古いレコードも、コレクターがいたり、インテリアとして使ったりする人がいるそうで、意外ともらい手が見つかるのだそうだ。

「物の価値ってわからないものだなぁ……」

しみじみとつぶやいた花菜の声が聞こえたのか、一眞が「そうやろ？」と笑った。

（あの箱は何かな？　もしかして、また漆の食器かな）

床の間の前に置かれていた五十センチメートル四方ほどの木箱を手に取る。蓋を開けて、花菜は目を丸くした。

「仏像だ……」

布を巻き付けた質素な装いで、頭髪は螺髪《らほつ》だ。古びていて、金色がくすんでいる。最近の物ではなさそうだ。

「一眞さん！　これ見てください！」

花菜は急いで一眞を呼んだ。

振り子の付いた古時計のゼンマイを巻いていた一眞が振り返り、

「どうしたん？」

と、尋ねる。

「こんな物が出てきました！」

花菜は箱から仏像を取りだし、一眞に見せた。その瞬間、花菜の脳裏に、祈りを捧げる人々の姿が映った。

（もしかして、この仏像の記憶？）

仏像はかつて高い場所に据えられていたのか、花菜の視点は参拝の人々を見下ろしている。

（どこかのお堂の中？）

揺れる蝋燭の炎や、線香の煙が見える。仏像に手を合わせている人は、髷《まげ》を結った男性や日本髪の女性だ。皆、着物を着ている。

（まるで、時代劇を見ているみたい）

紙芝居が繰られるように、映像が変わる。着物を着ていた参拝の人々から髷がなくなり、着物は洋服に変わった。最初は時代がかっていた洋服も、どんどん現代風に変化していった。

「花菜さん！」

一眞の声が聞こえ、我に返る。

「あ……一眞さん……」

いつの間にか、一眞に肩を掴まれていた。ぼんやりとしている花菜の顔を、一眞が心配そうに覗き込む。

「どうしたん？　大丈夫？」

「一眞さん、私、この仏像の記憶を見ました」

花菜は、動揺しながら一眞に仏像を差しだした。

「これが出てきたん？」

「はい。この木箱に入っていました」

一眞が木箱を手に取る。古びた仏像が入れられていたにしては、新しい物だ。

「ちょっと借りてええ？」

手を差しだされ、花菜は一眞に仏像を渡した。一眞が仏像を矯《た》めつ眇《すが》めつする。

兼田夫妻も近付いてきて、二人の頭上から仏像を見下ろした。

「深郷、この仏像、知ってる？」

純也に問われて、深郷は記憶を思い出すかのように、難しい顔をした。

「んー……」

額を押さえて考え込んだ後、「そういえば！」と手を打った。

「前に、お父さんが『借金のカタに、骨董品好きの友達から仏像を譲られた』って言うてたことがあったわ。でも、お父さんはそういうもんにあんまり興味があらへんかったから、しまいこんでたんやろうなぁ」

「もしかして、価値のある物ですか？」

純也が期待に満ちた目で一眞を見つめる。

「僕は骨董には詳しくないんで、よくわからへんのですけど、阿弥陀如来像みたいですね。よかったら、知り合いの古物商さんを紹介しましょうか？」

「そうしてくださると助かります！」

ガラクタばかりだと思っていた品々の中から、価値のありそうな物が出てきたので、純也が興奮している。

「待ってください！」

花菜は、申し訳なく思いながらも、一眞と純也の会話に割り込んだ。

「この阿弥陀様、もしかしたら、盗品かもしれません」

深刻な音声でそう言うと、皆が驚きの表情を浮かべた。

「それってどういう意味？」

一眞の目の色が変わる。

「盗品？」

「えっ、どうして？」

兼田夫妻も動揺している。

花菜は中学生の時、修学旅行で九州へ行った。後日、団体見学で参拝した寺から阿弥陀如来の仏像が盗まれたと、ニュースで知って驚いた。修学旅行のすぐ後に起きた事件だったことと、行ったことのある寺だったので、記憶に残っていた。

皆にそう説明した後、花菜は一眞にだけ聞こえるように小声で続けた。

「私、この仏像がお寺にお祀りされている光景を見ました。この仏像は、昔からずっとたくさんの人たちの願いを聞いてきたから、積もり積もって強くなった想いが、宿っていたんだと思います」

「そういうことか……」

　一眞が顎に手を当て、納得した表情を浮かべた。

「信じてくれますか……？」

「花菜さんの言うことやで。当たり前やん」

　にこっと笑い、花菜の頭をぽんぽんと撫でる。そして兼田夫妻を振り向くと、真剣な表情で勧めた。

「兼田さん、この仏像、警察に届けたほうがええと思います」

「本当に盗品なんですか？」

「どうして、お父さん、そんなもんを……」

　うろたえる兼田夫妻に、落ち着いた口調で一眞が推測を話す。

「深郷さんのお父さんは、盗品やなんて知らはらへんかったんでしょう。お父さんの友達が盗まはったとも思えへんし、知らへんまま、オークションか何かで、買《こ》うてしもたんとちゃうやろか」

「そうですよね。きっとそうですよね……」

　深郷が祈るように両手を組み合わせる。

「この仏像は引き取れません」

一眞は仏像を木箱に戻すと、兼田夫妻に差しだした。純也が慎重に木箱を受け取る。

「警察に連絡してみます」

「そうしはったほうがいいでしょう」

一眞の言葉に、純也はしっかりと頷いた。


兼田邸を後にし、花菜と一眞は道の駅まで戻った。

「花菜さんが、あの仏像が盗品やって気付いてくれてよかった。知らんと引き受けてたら、ややこしい話になってたかもしれへん。おおきに」

車内で美山牛乳のソフトクリームを食べながら、一眞にお礼を言われ、花菜は慌てて片手を横に振った。

「大したことはしていません。私はただ、仏像に込められていた想いを垣間見ただけです」

「それは花菜さんしか持ってへん、すごい能力やと思うよ。今までも、花菜さんは誰かの想いが宿った物に素敵なご縁を結んできたし、いわくのある仏像をもらいかけた僕を助けてくれた」

一眞は花菜に優しいまなざしを向けたが、すぐに気遣うような表情へ変わった。

「でも、そうやっていろんな人の想いを垣間見て……花菜さんは大丈夫なん？」

「大丈夫って？」

一眞が何を心配しているのかわからず、花菜は首を傾げた。

「人の想いって、時には重く感じるやろ？」

（人の想いが、重い……か）

確かに、誰かの強い想いを感じたら、切なくなることもある。母の死の瞬間を見たら、怖くなる。けれど――

「大丈夫ですよ！　幸せな思い出に触れるとあったかい気持ちになりますし、それに、私は両親の思い出が見えるこの指輪が、すごく大切です」

花菜は右手の指輪を撫でた。この指輪は、両親と花菜を繋ぐ大切な物だ。

気付いたことがある。花菜が見る、物に宿る思い出は、持ち主が誰かを想う気持ちなのではないかと。愛情だったり、恋情だったり、幸せへの祈りだったり、そういう他者への優しさなのではないだろうか。

花菜が、形見の指輪に母の死を見るのは、彼女が死の間際に、一人残される花菜のことを、強く想ってくれたからだと思うのだ。

「一眞さんを助けることもできましたし、この力があってよかったです！　これからもお役に立ちますね！」

花菜がガッツポーズをとると、一眞はきょとんとした後、微笑んだ。

「そっか。花菜さんは僕を助けてくれるんやね」

「はい！　任せてください！」

「おおきに。頼りにしてる」

話している間にソフトクリームが溶けかかっている。花菜は慌てて、手にしていたソフトクリームを舐めた。冬の冷菓は寒いが、案外おいしい。

ソフトクリームを食べ終えると、一眞がハンドルを握った。

「ほな、帰ろか」

「はい」

トランクには、兼田邸から引き取った古道具が詰め込まれている。帰宅したら、写真撮影をしなければならない。

一眞がエンジンをかけた。レンタカーは来た道を戻っていく。

「そういえば、あの話、受けるんですか？」

花菜はふと思い出し、一眞に問いかけた。

「車のこと？」

一眞がフロントガラスの向こうを見つめたまま、聞き返す。

「そうです。深郷さんのお母さんの乗っていた軽自動車、本当にもらうんですか？」

兼田夫妻が一眞に引き取ってもらおうとした物の中で、一番高価な物が軽自動車だった。「母が施設に入り、もう乗ることもないので、十年ほど経っている中古だが、よかったら誰かに使ってもらえないか」と、お願いされたのだ。

ならば自分がと、一眞が引き受けた。

「うん。さすがにタダいうんは気が引けるから、なんぼか払おうとは思ってるんやけど。今は、用事があったらレンタカー借りてるけど、やっぱり車って便利やん？　あるに越したことはないなと思って。それに今は花菜さんもいるし……」

「私？」

どうして自分がいたら必要なのかと首を傾げる。一眞は横目で花菜を見て、微笑んだ。

「今日みたいに、また出かけられたらええなって思うねん」

照れくさそうな一眞の様子を見て、花菜の胸がとくんと鳴る。

「そ、そうですね……私も、一眞さんと出かけられたらいいなって思います……」

一眞の照れがうつってしまい、花菜は小さな声で答えた。

「それに……いつまで一緒にいられるか……」

ぼうっとしていた花菜は、一眞が続けた言葉に気付かなかった。

「何か言いました？」

一眞が、

「なんも言うてへんよ」

と、答える。

車はいつの間にか、周山街道に入っていた。

＊

花菜と一眞が美山に行った数日後。『縁庵』に馴染み客がやって来た。

「いらっしゃいませ」

入り口の戸が開き、振り向いた花菜は「あっ」と声を上げた。

「小代里さん！」

店内に入ってきたのは、大きな紙袋を手に提げた『千鯉堂』の小代里だった。友人なのか、同い年ぐらいの女性三人と一緒だ。

「花菜さん、こんにちは」

小代里がにこやかに挨拶する。以前、怒り心頭で『縁庵』にやって来た時とは違い、今日は上機嫌だ。

「四人やけど、席、空いてる？」

「奥の席が空いてますよ。ご案内します」

「おおきに」

小代里の友人たちは『縁庵』に来たのが初めてなのか、しきりに店内を見回し、

「なんやすごいお店やね」

「物がいっぱいあるね。ここってカフェやんな？　古道具店と違うやんな？」

などと言って驚いている。

花菜は歩きながら、女性たちを振り返り、

「オーナーが知人から不要品を引き取って、欲しいっていう人に譲っているんです。お客様たちも、何か気になる物があればおっしゃってくださいね。差し上げますので」

と、話した。

女性たちが「へえ～！」「ゴミの削減ってこと？」「面白いことしてはるねえ」としきりに感心している。

小代里と友人たちを席に案内し、キッチンに戻った花菜は、水を入れたグラスとメニューを持って、再び四人のもとへ向かった。

テーブルでは、小代里が紙袋の中から、なにやら細長い箱を取りだしていた。

「ちょっと、見てぇな！」

いそいそと箱の蓋を開けた小代里が、自慢げに友人たちに中身を見せた。花菜も何だろうと目を向けたら、中に入っていたのは裸体の人形だった。物憂げな表情が美しいが、頭髪がなく、服を着ていない。保護のためか柔らかな布にくるまれていて、まるで布団に寝ているみたいだ。

「今日、新作の発売日でな、朝から大阪に行っててん。奇跡的に抽選に当たって買えたんよ～！」

弾んだ声を上げて自慢している小代里に、友人たちは苦笑いを浮かべている。

「またドール買うたん？」

「あなた、本当に好きやねえ」

「高いんやろ？」

小代里が胸をはって答えた値段に、友人たちも花菜も目を丸くした。

「ネットで見て、絶対お迎えしたいって思っててん～！　この子がうちに来てくれて、めっちゃ幸せやわ～！」

小代里は満面の笑みを浮かべている。そんな小代里を見て、友人たちの表情が羨ましそうなものに変わる。

「楽しそうでええなぁ。うちも、何か新しい趣味探そかな」

「それだけ好きなもんがあるって、素敵なことやんね。羨ましいわ」

「でも、高い人形買うて、ご主人、怒ってはらへんの？」

心配する友人に、小代里がひらひらと手を振ってみせた。

「かまへんねん。話し合って、お互いの趣味に干渉しぃひんことに決めてん。あの人は今日もゴルフに行ってるわ。ご近所の皆さんとのお付き合いも大切やしね」

（あの後、夫婦でそういう取り決めになったんだ……）

花菜は、瀧雄が小代里の人形を勝手に『縁庵』に持ち込んだ事件を思い出した。仲直りをした二人は、お互いを尊重することにしたようだ。

（丸く収まってよかった）

花菜は四人の会話の邪魔をしないようにお冷やを置き、メニューを渡すと、

「お決まりになりましたらお呼びください」

と、言って席を離れた。女性たちの楽しげな声が聞こえてくる。

「何にする？」

「おむすびのランチセットがおいしそうやね」

すぐに呼び戻され、ランチセット四つの注文を受けた。

「一眞さん。ランチセット四つ入りました」

キッチンで声をかける。

「了解や」

一眞がさっそく調理に取りかかり、花菜はトレイを用意したり、冷蔵庫に作り置きしてあったおばんざいを載せたりして手伝った。この連携も、もう慣れたものだ。

出来上がった今日のランチセットは、みじん切りの柴漬けが混ぜ込まれたお漬物おむすびと、ちりめん山椒のおむすび。海老芋の天ぷらと、大根と鶏肉の煮物、蓮根のサラダ、豆乳の味噌汁だった。

トレイを運ぶと、小代里以外の女性たちの姿がなかった。席を離れ、壁際に置かれた桐簞笥の前に集まっている。

この桐簞笥は、三つに分かれるタイプの物で、もともと一七〇センチメートルの高さがあった。もらい手が付かなかったので、一眞がバラし、『縁庵』の什器として使用することになった。今は、閉店した和食店から持ち込まれた和食器が並べられている。

「このお皿、感じ良くてええね」

女性の一人が小皿をしげしげと眺めていると、他の女性も興味を引かれたのか、

「ほんまやね。絵付けも綺麗やし、まだまだ使えそうやわ」

と、角皿を手に取った。

「さっき、お店の中の物、もらってもええて言うてはったけど、これもそうなん？」

もう一人の女性に尋ねられ、花菜は「はい」と頷いた。

「それやったら、うち、このお皿もらうわ」

「ほな、うちも」

「こっちの小鉢も素敵やね」

女性たちが楽しそうに物色し始める。花菜は、テーブルに残り、友人たちの様子を眺めていた小代里の前にランチセットを置いた。

「お待たせしました」

「おおきに。友達が図々しくてかんにん」

「いいえ。むしろ、持って帰ってくださると助かります。この店は物が増える一方ですし、それに、まだ使える物を誰かに使っていただけると嬉しいので」

花菜が笑うと、小代里は「そうなん？」と微笑んだ。

「前に拝見したドールも可愛かったですけど、新しくお買いになったドールも可愛い顔をしていましたね」

先ほど目にした人形の話を振ると、小代里は目を輝かせて身を乗り出した。

「そうやろ！　花菜さん、見る目あるわ！　あの子は、人気のアパレルブランドとコラボしたドールでな、お洋服もめっちゃ可愛いねん！　私にとって、ドールって第二の娘みたいなものやねん。ドールが可愛い服を着ていたら、娘を着飾らせているみたいで楽しいんよ。やっぱりドールは癒やしやわ！」

弾む声を上げる小代里を見て、花菜は、「こんなに夢中になれるほど好きな物があるのは素敵だな」と思った。

「うち、これもらうわ！」

「たくさんもろてええ？」

食器を選んでいた女性たちが振り返り、花菜に許可を取る。花菜は「どうぞ、いくらでも」と答えながら桐箪笥の引き出しを開け、保護用の新聞紙と持ち帰り用の紙袋を取りだした。

「至れり尽くせりやね」

感心しながら女性たちが新聞紙を受け取り、自分たちで食器を包み始める。その間に、花菜は全員分のランチセットを運んだ。

「ごゆっくりどうぞ」

一礼し、席を離れようとした花菜を、女性の一人が呼び止めた。

「ちょっと待って。あなた、和菓子は好き？」

「好きですけど……」

どういう意図の質問だろうかと不思議に思っていたら、目の前にビニール袋が差しだされた。

「お礼にこれあげる。本店では並ばなあかんほど人気の豆餅やで。河原町のデパートでも売ってて、運良く手に入ったから、お裾分け」

女性がにっこりと笑う。

「えっ、いいんですか？」

「かまへんよ」

花菜がビニール袋を受け取ると、他の女性も「ほんなら……」と、エコバッグの中から、十字に紐が掛けられた紙の包みを取りだした。

「新京極の入り口にある、甘栗屋さんで買うてん。これ、おいしいし、よかったら食べて」

「わぁ！　ここの甘栗好きです！　嬉しい！」

弾んだ声を上げた花菜を見て、甘栗をくれた女性が笑みを浮かべる。

もう一人の女性だけが、

「かんにん。うちは今、何もあげられるもんがないわ。今度、なんか持ってくるわ」

と、申し訳なさそうな顔をした。

「お気遣いなく！　お持ち帰りいただく食器を役立てていただけたら嬉しいです」

花菜は女性たちに「ありがとうございます」と頭を下げると、もう一度「ごゆっくりどうぞ」と言って、席を離れた。

キッチンへ戻り、一眞に、和食器と引き換えにお菓子をもらったことを報告する。

「素敵な物をいただいてしまいました」

「僕、ここの豆餅、好きやねん。後で僕からもお礼言うとこ」

喜ぶ一眞に、花菜は「それがいいと思います」と勧める。

「不要な物を、必要な人に差し上げて、お礼をいただく。いらない物を手放す人も助かるし、それが欲しい人は喜ぶし、ゴミが減って環境にもいいし、三方《さんぼう》よしですね」

何気ない花菜の言葉にびっくりしたのか、一眞が、

「三方よしか……。今まで、いろいろな物の橋渡しをしてきたけど、そんなふうに考えたことあらへんかったなぁ」

と、感心したようにつぶやいた。

「花菜さん、ええこと言うね」

「そうですか？」

一眞に褒められ、誇らしい気持ちになる。

女性たちが「ランチおいしかったわ」「ごちそうさま」と、挨拶をして帰っていった後、キッチンで食器を洗っていた花菜は、視線を感じて手を止めた。横を見ると、一眞がじっと花菜を見つめている。

「一眞さん？」

何か用事だろうか。

「花菜さん、よかったら……今度、泊まりがけで旅行に行かへん？」

突然、誘いを受けて面食らった。

「えっ？　りょ、旅行？」

焦って、変な声が出た。

先日、日帰りで美山には行ったが、今度は泊まりがけの旅行とは。

「急にどうしたんですか？」

動揺しながら問い返したら、一眞は照れくさそうに口元を押さえ、ぼそぼそとした声で言った。

「気乗りしぃひんかったらええんやけど……」

「あっ、いえ、そんなことは！」

慌てて両手を横に振る。

一眞はほっとした表情を浮かべた後、微笑みながら続けた。

「花菜さんと行きたいところがあって……」

「行きたいところ……どこですか？」

目的の場所があるのだろうかと思って、花菜が確認すると、

「……淡路島《あわじしま》」

一眞は目を伏せ、短く答えた。

第五章　本当の気持ち

一眞と晩ご飯を食べ、入浴後、自室に入った花菜は、暖を取るために早々に布団を敷いた。足を入れて座り、

『今度の定休日、一眞さんと旅行に行くことになったの』

高校時代の同級生、土居《どい》いずみに、スマホのメッセージアプリからメッセージを送った。すると、すぐに既読になり、

『契約結婚している旦那と？　マジで？』

という返信が届いた。

いずみは、花菜と一眞の婚姻届に署名をしてくれた友人だ。高校時代に一番仲がよかった親友で、今でも、時々会ってお茶をしたり、お互いの悩みを相談し合ったりしている。花菜はいずみにだけは、一眞との結婚は、利害が一致した契約結婚なのだと正直に話していた。

いずみが「会いたい」と言ったので、彼を紹介したこともある。なんとなく言いにくくて、一眞には、彼女が真実を知っているとは教えていないのだが。

『せっかく誘ってもらったし、行こうと思ってるんだけど……』

『結婚してるって言うても、ほんまの夫婦やないやろ？　好きでもない相手と一緒に旅行に行くって、それってどうなん？　もしかしたら相手に下心があるかもよ』

不安を煽《あお》るようないずみのメッセージに、

『下心とか……一眞さんに限って、そんなことはないと思うけど』

と、頼りなく返す。

（あの一眞さんに下心？　ないない！　一緒に暮らし始めた頃より距離は近付いた気はするけど、私のことは今でも、シェアハウスの同居人ぐらいにしか思っていないいんじゃないかな）

そう考えて、寂しい気持ちになった。

（でも、なんで急に旅行に行こうなんて言い出したんだろう。しかも、淡路島一択みたいだし）

確かに、淡路島は近年おしゃれな店も増えていて、観光地として魅力を増している。京都からも近く日帰りができて、気軽に旅行気分が楽しめる。

（一眞さんが前から行きたいって思っていたのかな）

別に淡路島に不満があるわけではないのでよいのだが。それよりも、一眞と泊まりがけの旅行に行くという事実のほうが重大だ。

『ただちょっと、緊張しているというか……。男の人と二人で旅行なんて、初めての経験だし』

『花菜は彼氏がいたことないもんね。今回の契約結婚の話だって、最初に聞いた時はほんまにびっくりしたもん』

いずみから呆れ気味のメッセージが届く。

『それは、背に腹は代えられず、仕方なく』

『仕事がなくなって、住んでいたアパートも取り壊されることになったんやっけ？少しの間なら、うちに来てくれてもよかったのに』

『いずみに迷惑はかけられないよ』

大阪の大学に通っているいずみは、豊中市《とよなかし》で一人暮らしをしている。ワンルームの狭いマンションに住んでいることを知っているので、いくら親友とはいえ、彼女の家に居候するのは気が引ける。

『花菜はさぁ……今の旦那について、どう思ってるわけ？』

いずみから突っ込まれ、スマホのキーボードに指を滑らせ、リズムよく文字入力をしていた花菜の手が止まった。

（一眞さんについて……？）

花菜が考え込んでいるうちに、いずみからメッセージが入る。

『いつまで、契約結婚なんて茶番を続けるつもりなん？』

（茶番……）

その言葉に傷ついた。「茶番じゃないよ」と打ち込んで、悩んだ後、文字を消した。

『お互いのどちらかに好きな人ができたら別れるよ』

代わりに、そうメッセージを送る。

『できひんかったら？』

『いつまでも一緒にいる……のかな？』

『なんで疑問形』

『だって先のことはわからないし』

『まあいいや。せっかくの旅行なんやし、楽しんできなよ。淡路島のお土産、期待してる』

いずみから、流行りの熊のキャラクターが「おやすみ」と言っているスタンプが送られてきた。花菜はハムスターのキャラクターで「おやすみ」と送り返し、スマホを枕元に置いた。

紐を引っ張って照明を消し、布団の中に潜り込む。

旅行は、次の『縁庵』の定休日に出発の予定となっている。翌日は臨時休業にして、一泊二日の小旅行だ。

（ぼちぼち旅行の準備もしておかなくちゃ……）

「どんな服を持っていくのがいいだろうか」と考えながら、花菜は瞼を閉じた。

*

「わぁ！　明石海峡大橋《あかしかいきょうおおはし》、大きい！」

兼田夫妻から譲り受けた自動車の助手席で、花菜は歓声を上げた。冬晴れの空と大海原を背景にした吊り橋は、迫力がありつつも優美だ。

初めて明石海峡大橋を渡る花菜は、興奮気味に窓の外を見つめた。

「高いですね。――きゃっ！」

車が少し横に揺れ、びっくりする。ハンドルを握っていた一眞が表情を引き締めた。

「今日はちょっと風が強いね。煽られへんようにしぃひんと」

順調に橋を渡りきり、淡路島に上陸する。トイレ休憩も兼ねて淡路サービスエリアに寄ると、明石海峡大橋の全貌がよく見えた。

「あんな橋を架けちゃうんだから、人間ってすごいですよね」

スマホで写真を撮りながら感心している花菜を見て、一眞が目を細めた。

「そうやって、いろんなことに感動できる花菜さんって、素直でええと思う」

突然の褒め言葉に、花菜は目を瞬かせた。照れくさくなり、一眞から視線を逸らす。

「そうですか……？」

「うん。僕は性格が悪いし、余計にそう思う。――何か飲む？」

さらりと自嘲した一眞の言葉に反応を返すよりも早く、一眞はサービスエリア内にある、コーヒーショップに向かっていった。

（一眞さん？）

確かに、初めて会った花菜にいきなり「二百万円は返さなくていいです。その代わり、僕と結婚してください」と迫った一眞は、性格が良いとはいえない気もする。

「でも……一眞さんは優しいですよ」

花菜のつぶやきは、店内に入ろうとしていた一眞には届かなかった。

コーヒーショップでカフェラテを二つ買い、車へ戻る。海沿いの道を南へと走っていく。

「どこへ向かっているんですか？」

「四国」

「えっ！」

てっきり淡路島を観光するのだと思っていた花菜は驚いた。

「春やったら、花の綺麗なところへ行ったらいいんやけど、今は十二月やし、暖かい室内のほうがええかと思って。楽しみにしてて」

一眞が悪戯っぽい笑みを浮かべる。どうやら行き先は内緒らしい。

今日の淡路島は天気が良く、ツーリングの自転車やバイクも、ちらほらと見かける。寒くないのだろうか。

「自転車って目的地に辿り着いても、帰りも自力で漕いで帰らないといけないから大変ですよね。疲れちゃったりしないのかな」

花菜が素朴な疑問を漏らすと、一眞が「そうやね」と笑った。

「それも含めての楽しみなんちゃう？」

「『縁庵』に自転車が持ち込まれたことってありますか？」

何気なく聞いてみたら、一眞は「あるで」と答えた。

「ツーリング用の自転車やないけど、大学生が、大学四年間で使ってたっていう自転車を持ち込まはったことがあるよ。北海道出身で、京都の大学に進学しはった時に、こっちでの足用に買わはったんやって。卒業して地元に戻るから、処分したいっていう話やったわ。自転車は『縁庵』の店内では保管できひんし、置き場所に困るから、先に写真を送ってもらってSNSで募集をかけてん。すぐに応募があって、もとの持ち主立ち会いの下、もらい手さんに引き渡したんやけど、その子は四月から京都で働くっていう新卒の学生さんでな、二人とも新社会人やから気が合うて、その後も連絡取り合ってはるみたいやで」

「まさにご縁ですね！」

たあいない会話のバックミュージックは、一眞のスマホから流れる映画のサントラだ。音楽に耳を傾けながら窓の外を見る。赤信号で停まったサイクリストと目が合い花菜が軽く手を振ると、相手も片手を上げ返してくれた。

「花菜さん、鳴門海峡《なるとかいきょう》やで」

どれぐらい時間が経ったのだろうか。いつの間にか眠っていたらしい。一眞に名前を呼ばれ、花菜はハッと目を覚ました。一眞が横目で笑っている。

「すみません！　一眞さん一人に運転させて寝てしまって……！」

「かまへんよ」

車は大鳴門橋《おおなるときょう》を渡っていた。

「鳴門って渦潮《うずしお》で有名ですよね。見えるかな？」

海面に目を向けてみたが、渦らしきものは見えない。

「真下やからね。ここからやと難しいんとちゃうかな」

「そうなんですね……」

がっかりしている花菜を見て、一眞が提案した。

「ほな、渦潮が見えるところに寄ってこか」

「見えるところがあるんですか？」

「花菜さんは、怖がるかもしれへんなぁ」

一眞の思わせぶりな言葉を聞いて不安になる。

「怖い場所なんですか？」

「行ってからのお楽しみ」

心配する花菜を見て、一眞は口元に笑みを浮かべた。

大鳴門橋を渡りきると、駐車場に入って車を停めた。

(怖いっていう場所に行くつもりなのかな？)

展望台などがあるのだろうか。

「こっちやで」

一眞に案内されるままに付いていく。しばらく歩くと大鳴門橋に戻ってきた。

「ここは、さっき走ってきた道の下？」

頭上に高速道路が見える。目の前には橋への入り口があった。

「大鳴門橋の下は『渦《うず》の道《みち》』っていう遊歩道になってるねん」

「つまり、橋を歩いて渡れる……？」

「途中までやけどね。橋の中に展望室があるねん。花菜さん、渦潮を見たそうやったし。行ってみぃひん？」

一眞に促され、橋の中に入る。

入館料を払って先へ進むと、両側に網が張られた通路に出た。風が吹き込んでいて、外と変わらない。真下は海だ。花菜の足がすくんだ。

「か、一眞さん、怖いです！」

花菜の反応が予想どおりだったのか、一眞が笑った。

「高いの怖い？」

「海に落ちたらどうしようって」

「網あるし、落ちひんよ。怖かったら、手を繋いであげよか？」

からかうように手を差しだされ、花菜はむくれてそっぽを向いた。やせ我慢をして通路を歩く。

渦潮が見える展望室は四五〇メートル先にあるらしい。

そんなに歩けるだろうかと不安に思ったものの、途中からは高さにも慣れてきて、怖がりながらも無事に展望室に辿り着くことができた。

ところが、展望室に入った花菜は、またしても、

「怖いっ！」

と、悲鳴を上げることになった。

展望室の床が一部、ガラス張りになっている。足の下に渦が巻く海面が見え、スリ

ル満点だ。

「花菜さん、こっちにおいで。渦潮がよう見えるで」

ガラス床の上で一眞が手招いている。

（一眞さん、平気なの？）

あんなに怖い場所に立てるなんて信じられない。

「私はいいです」

断って逃げると、一眞は残念そうな顔をした。

鳴門の渦潮は、満潮と干潮の時に現れるらしい。海面の高いほうから低いほうへ海水が流れ込む時、特殊な鳴門海峡の地形によって、渦が発生するのだそうだ。

展望室のガラス窓越しに渦潮を見学した後、二人は通路を戻り『渦の道』を出た。

再び車に乗り、先へ進む。

しばらく海沿いを走ると、横に細長い建物が見えてきた。旗ポールが並んでいて、世界各国の国旗が掲げられている。

「あれはなんでしょう？」

花菜の問いかけに、一眞が笑みを浮かべた。

「『大塚国際美術館《おおつかこくさいびじゅつかん》』の正面玄関やで。今日の目的地」

「美術館ですか？　モダンな入り口ですね」

少し離れた場所にある駐車場に車を入れ、美術館まで歩いていく。チケットカウンターで入館券を買い、正面玄関に入ると、長いエスカレーターがあった。

「ここは、陶板《とうばん》名画美術館やねん。古代壁画や西洋名画を、特殊技術を使ってオリジナルと同じ大きさで複製してる。持ち主の許可もとっている。日本に居ながらにして世界中の美術品を鑑賞できる希有《けう》な美術館やで」

エスカレーターを昇りながら、一眞が説明する。

陶板名画というものがどういう物なのか、一眞の説明では今ひとつピンと来なかったが、最初の展示室に入った途端、花菜は目を丸くした。そこはヴァティカンのシスティーナ礼拝堂だった。頭上を覆うのは天地創造からノアの洪水までのキリスト教的世界観を表した天井画。正面には有名な『最後の審判』が描かれている。

「すごい……」

言葉を失っている花菜の隣に立ち、一眞も同じように天井を見上げる。

「ここはシスティーナ・ホール。見たとおり、システィーナ礼拝堂の天井画と壁画を再現した部屋やで。本物ではないけど、迫力あるやろ？」

花菜は思い切り縦に頷いた。

「迫力満点です！」

ゆっくりとホール内を歩きだす。キリスト教による世界の終末が描かれたという

『最後の審判』では、キリストが再び現れ、天使が死者を復活させ、善人は天国に救われ、悪人は地獄へ落とされる。

花菜が熱心に絵を見つめていると、一眞が話しかけてきた。

「花菜さんはきっと天国に迎えられるね」

一眞を振り返り、目を瞬かせる。

「どうでしょうか。私だって、今までに悪いことの一つや二つしていると思いますよ。一眞さんこそ、天国に行けますよ」

「僕は地獄行きや」

「一眞さんが地獄に行くなら、私も一緒に行きますね」

花菜が笑顔でそう言うと、一眞は苦笑した。

「僕に付き合わんでもええよ」

「――夫婦ですし」

少しためらった後、一眞の袖を摘んだ。一眞が驚いた様子で花菜を見下ろす。花菜は照れくさくなり、一眞の顔から視線を逸らして、もう一度『最後の審判』に目を向けた。

しばらくの間、システィーナ・ホールに佇んでいた二人は、ゆっくりと館内を巡り始めた。『ヴィーナスの誕生』『モナ・リザ』『真珠の耳飾りの少女』――花菜も知る名画が展示されている。圧巻だったのは、ゴッホの七つのヒマワリだった。世界のあちこちの美術館や個人が所蔵している『ヒマワリ』が、一堂に会している。消失し失われた幻の『ヒマワリ』までが再現されていた。

「すごい……」

何を見ても「すごい」という言葉しか出てこない花菜に、一眞が楽しそうな視線を向けている。

途中、カフェレストランで休憩を取った後、再び館内を巡り始めたが『大塚国際美術館』は広い。疲れてしまった二人は、最後の現代美術のコーナーは足早に鑑賞し、美術館を後にした。

美術館に入る前はあんなに晴れていたのに、天気が変わったのか、外に出ると、ちらちらと雪が舞っていた。海風も吹いてきて肌寒く、花菜が両手に息をかけ、こすり合わせていると、それに気が付いた一眞が花菜の手を握った。そのまま、チェスターコートのポケットに突っ込む。

一眞の思いがけない行動に驚き、どう反応していいのかわからずに、ただドキドキするばかりの花菜の指に、一眞の長い指が絡む。

「手袋が必要やったね」

優しく微笑まれて、花菜は自分の体温が上がったように感じた。

「いいえ……なくてよかったと思います」

二人は手を繋いだまま、駐車場へと戻った。

＊

一眞が予約していたその日の宿は、淡路島の洲本市《すもとし》にあるホテルだった。玄関を入るとロビーは広々としていて、ラウンジの向こうには海が見えた。一眞がチェックインをしている間に、花菜は窓辺まで歩いていって、外を見つめた。一日遊んでから到着したので、既に日は暮れていた。

ロビーを見回し、感嘆の息が漏れる。

（豪華なホテルだな……）

今まで一度も、こんなに立派なホテルに泊まったことがない。

（そういえば、お部屋ってどうなるんだろう。やっぱり一眞さんと同室……？）

その可能性を考えていなかったわけではない。いずみの「下心があるかもよ」という言葉を思い出し、頬を両手で押さえた。少し熱い。

（一眞さんに限って、そんなこと……）

今まで一つ屋根の下で暮らしてきて何もなかったのだから、今さら何かあるはずがないと、自分に言い聞かせる。

花菜が一人で悶々としていると、チェックインを終えた一眞が歩み寄ってきた。

「花菜さん、はい、これが鍵」

カードキーを手渡される。

「部屋は隣同士やって。行こうか」

「隣同士……？」

ぽかんとした花菜に、一眞がさらりと、

「別々に部屋を取ったから安心して」

と、付け加えた。

（別々……）

緊張していた花菜は、拍子抜けしたと同時にがっかりした。そして、そんな自分に驚いた。

（……何を期待してたの、私）

「花菜さん？」

ボストンバッグを担ぎ、歩きだしていた一眞が振り返った。花菜もスーツケースを引いて足早に追いつき、隣に並ぶ。エレベーターに乗り、部屋へ向かう。

「夕食は部屋食でお願いしてあるから、十八時に僕の部屋に来て。ここの宿は大浴場が有名やし、それまでに行ってきたらええよ」

「それじゃ後でね」と言って部屋に入っていった一眞を見送った後、花菜は隣の部屋の鍵を開けた。

一人で過ごすには広すぎる和室に、寂しい気持ちになった。


一眞の勧めどおり、大浴場に向かう。

浴室は広く、浴槽はいくつかに分かれ、階段状になっている。どうやら棚田《たなだ》を模しているらしい。

一番下の浴槽に入り、花菜はぼうっと海を眺めた。お湯は熱いが露天なので上半身は寒く、のぼせるようなことはない。

（いいお湯。一眞さんも今頃入っているのかな）

想像し、恥ずかしくなる。

（家にいる時は、一眞さんがお風呂に入っていてもなんとも思わないのに）

どうも旅行という特別な状態が、花菜に一眞を意識させているようだ。

（籍を入れてから初めての旅行だし、これって新婚旅行になるの？）

そう考えて、照れた表情を隠そうと、顎まで湯につかった。

体が充分に温まったので、浴室から出る。浴衣に着替えて部屋に戻った頃には、食事時になっていた。慌てて一眞の部屋に行くと、広い座卓に食事の準備がされていた。

一眞も浴衣姿だ。見慣れない格好にドキッとする。

「花菜さん、こっち」

手招かれて、向かい側に座る。

すぐに仲居がやって来て、続々と料理が運ばれてきた。

前菜は冬の旬彩の取り合わせ。海老の真薯《しんじょ》のあんかけと、お造りが運ばれてくる。

食べている間に、鍋の下の固形燃料に火が点けられる。淡路牛のしゃぶしゃぶは柔らかく絶品だった。

「おいしい！　幸せ〜！」と言いながら料理を口に運ぶ花菜を、一眞がにこにこしながら眺めている。

「花菜さんは、ほんまにおいしそうに食べるよね。僕の料理もいつもそうやって食べてくれるし」

「一眞さんの作るご飯はおいしいですもん」

「花菜さんの料理もおいしいで。パパッと作るし、料理に慣れてる感じがする」

「そうですか？　お母さんと暮らしていた時から作っていたからかな？」

母が亡くなった後、自分一人のために料理をしていたことを思い出した。

（一人ぼっちになってからは、食事が楽しいなんて思わなかったけど、一眞さんと暮

らし始めてから、そういう気持ちを思い出した気がする）

感慨深く思っていたら、一眞も同じことを考えていたのか、

「花菜さんと一緒にご飯を食べるようになってから、おいしいって言ってもらえる喜びとか、料理の楽しさを再認識した気がするねん」

と、言った。

「一眞さんはもともと料理人じゃないですか。『縁庵』のお客さんたちも、いつも『おいしい』って嬉しそうにされていますよ」

「そうやね。でも、商売で作るのと、家族に作るのはちょっと違っていて……。うまく言えへんけど、花菜さんが僕の料理を食べて笑ってくれると、あったかい気持ちになるねん」

一眞の言葉に、花菜の胸がとくんと鳴った。

（家族……）

そう思ってくれているのだとしたら、嬉しい。

締めは淡路島のブランド米と香の物と赤だし。食べたことのある味だと思っていたら、一眞が、

「このお米って、うちのおむすびに使っているのと同じお米やで」

と言ったので驚いた。

「そうだったんですか？　知らなかったです！」

デザートは抹茶ムースとオレンジ。食事を終える頃には、すっかりお腹が苦しくなっていた。

「満腹です」

仲居が淹れてくれたお茶を飲みながら、花菜は満足げに息を吐いた。

一眞が食器を座卓の隅に集めながら、

「おいしかったです」

と言うと、テキパキと片付けをしていた仲居が、

「ありがとうございます」

と、微笑んだ。

「後で係の者がお布団を敷きに参ります」

そう言い残し、部屋を出ていった仲居を、二人はお辞儀をしながら見送った。

二人きりになり、沈黙が漂う。

（ご飯も済んだし、ここは早々にお部屋に帰るべき？　でも、もう少し……）

一眞と過ごしたいような気持ちでいたら、一眞のほうが口を開いた。

「そういえば、お風呂はどうやった？」

「あっ、えっと……気持ちよかったです。棚田みたいに段々になってました」

「女湯はそうやったんや。僕のほうは木や岩のお風呂やった」

「へえ！」

「明日は男湯と女湯が入れ変わるんとちゃうかな」

「じゃあ、朝風呂に行こうっと」

「それがええね」

その後は、今日訪れた『渦の道』や『大塚国際美術館』の感想を言い合い、和やかな時間を過ごした。

不意に「失礼します。お布団を敷きに参りました」と声がした。一眞が「はい」と答えて扉を開ける。係の人が入って来て花菜の姿を目にし、「あれっ？」という表情を浮かべた。

「お一人様でよかったでしょうか？」と尋ねられたので、花菜は慌てて両手を横に振った。

「私の部屋は隣なので……！　わ、私、部屋に戻りますね」

焦りながら、立ち上がる。一眞が「うん」と短く答えた。

「それじゃあ、おやすみなさい」

「……おやすみ。また明日」

一眞は少し寂しそうな顔をして、軽く手を振った。

妙に眠りが浅く、翌朝、花菜が目を覚ましたのは、日の出前だった。

大浴場が開くのは日の出の時間からということで、まだ早いかもしれないと思いつつも部屋を出る。

昨夜、一眞が言っていたとおり、今日は男女の大浴場が入れ替わっていた。

花菜が一番乗りだったため、誰もいない湯船につかり、徐々に明るくなっていく空を見つめる。昨日、鳴門は雪がちらついていたが、淡路は今日もいい天気になりそうだ。

他の宿泊客が入って来たので、入れ替わりに浴室を出る。

部屋に戻ろうとラウンジを横切ろうとした時、一眞の姿が見えた。ソファーに腰掛け、俯いている。花菜は一眞に近付き、

「おはようございます。一眞さんも朝風呂ですか？」

と、声をかけた。急に声をかけられて驚いたのか、一眞はパッと振り返り、

「ああ、花菜さん。おはよう」

と、微笑んだ。

一眞の膝の上には絵本が載せられている。

「何を読んでいたんですか？」

興味を引かれて尋ねたら、一眞は開いていたページを閉じて表紙を見せた。

「この絵本、僕が小さい頃に、お母さんがよく読み聞かせをしてくれていた本やねん」

「あっ！　知ってます、この絵本！　私も小さい頃に読んでいました。でも、どうしてこんなところにあるのかな？」

花菜が首を傾げると、一眞はラウンジの隅を指差した。本棚がある。

「そこにあったで。ここはライブラリーラウンジみたいや。自由に本を読んでいいみたい。淡路島の観光本とかもあったで」

「そうだったんですね」

納得しながら一眞の隣に腰掛ける。一眞があらためて絵本をめくり、小さな声で「懐かしいなぁ」と言った。花菜はそっと、

「一眞さんのご両親って、どんな方だったんですか？」

と聞いてみた。一眞が顔を上げ、海を眺めながら話し始めた。

「僕のお父さんは淡路島出身やってん。京都の大学に進学して、同級生のお母さんと知り合った。お父さんは大学卒業後、そのまま京都で就職して、仕事に慣れた頃にお母さんと結婚してん」

（だから、旅行先が淡路島だったのかな……？）

花菜は、ぽつぽつと両親の思い出を語る一眞を見つめた。

「お父さんは頭のいい人で、よく僕に勉強を教えてくれた。お母さんは、京都のガイドの仕事をしてて、神社やお寺について詳しかった」

「だから一眞さんは京都のことをよく知っているんですね」

納得している花菜のほうを向き、一眞が笑顔で頷く。

「そうやね。——僕は二人を尊敬してた。就職してからは忙しくて、あんまり実家に帰れへんかったけど……」

一眞の表情が、ふっと陰った。両親が交通事故で亡くなった時のことを思い出しているのかもしれない。

花菜は一眞のほうへ身を寄せた。それに気が付いた一眞が、花菜の肩に凭《もた》れた。そのままの姿勢で言葉を続ける。

「今日、帰りに寄りたいところがあるんやけど、付き合うてくれる？」

「もちろんいいですけど……どこですか？」

「両親のお墓」

目を伏せた一眞の手に手のひらを重ねて、花菜は「はい」と答えた。

一眞の両親の墓があるという墓地は、明石海峡大橋のすぐ近くだった。

駐車場に車を停め、坂道を上る。

一眞の手には、立ち寄った直売所で買った花束が握られている。

水道でバケツに水を汲み、墓地に入ると、一眞は迷いなく歩いていった。

「ここやで」

足を止めた墓石には「進堂家之墓」と刻まれていた。最近、誰かがお参りをしたのか、墓石は綺麗で、やや萎《しお》れた花が供えられている。

「最近、叔母さんが来てくれはったんかな」

「佐都子さんが?」

「うん。今日が両親の命日やから。――しばらく来ていなくて、かんにん。お父さん、お母さん」

花菜はようやく、一眞が旅先に淡路島を選んだ理由に気が付いた。きっとこの日に合わせて計画を立てたのだろう。

墓石に水をかけ、雑草をむしり、二人で掃除をする。古い花を取り除いて新しい花を生け、線香を供える。

手を合わせる一眞の横にしゃがみ、花菜も丁寧にお祈りをした。

背後で、土を踏む足音が聞こえた。誰かが他の墓にお参りに来たのかと思い、振り返ったら、黒いコートを着た若い女性が歩み寄ってくるところだった。色白の肌をした、細面の綺麗な人だ。手に菊の花束を抱えている。花菜の隣で一眞がつぶやいた。

「美和」

女性はとっくに二人の姿に気が付いていたのか、まっすぐに進堂家の墓まで近付いて来るとお辞儀をした。一眞が戸惑っている様子が伝わってくる。

「どうしてここに？」

一眞が硬い声で女性に尋ねた。

女性——美和も硬い表情で、

「今日はご両親の命日でしょう」

と、答えた。

「もしかして、毎年来てくれてたん……？」

一眞の問いかけに、美和はこくりと頷いた。

（この人は誰？　美和さん……っていうのかな……？）

花菜は一眞と美和の顔を交互に見た。物問いたげな花菜の視線に気が付いているはずなのに、一眞は何も言わない。

美和が一歩進み出る。

「ご両親に手を合わせてもいい？」

一眞が体をよけたので、花菜も通路の隅に寄る。

美和が花菜に視線を向け、会釈をした。花菜と一眞が生けた花の横に持参した菊を差し込み、バッグの中から線香とマッチを取りだす。火を点けにくそうにしていたので、一眞がマッチを取り上げて摩《す》った。美和の持つ線香を手で囲みながら火を点ける。前屈みの二人の体が近付き、花菜の胸がちくんと痛んだ。

線香に火が点くと、美和は、風から守るようにしながら線香を供え、腰を下ろして静かに両手を合わせた。

沈黙が場を支配する。

長いような短いような時間の後、美和が立ち上がった。

「それじゃあ」

軽く頭を下げ立ち去ろうとした美和を、一眞が呼び止めた。

「美和！　……ありがとう」

お礼を言った一眞を、美和が振り返る。

「……でも、もう気にしなくていいから」

一眞がそう続けると、美和の瞳が揺れた。曖昧に微笑み、もう一度、会釈をして去っていった。

美和が墓地を出ていくと、一眞が深く長く息を吐いた。

（あの人は誰ですか？）

二人の様子を見れば、ただの知り合いでないことぐらいわかる。

一眞に聞いてみたかったが、感傷的な表情を浮かべている彼に、花菜は何も言うことができなかった。

車に戻ると、一眞はスマホから映画のサントラを流した。普段どおりの笑顔で花菜のほうを向く。

「帰りは『淡路ハイウェイオアシス』に寄ろうか。いろいろお土産を売っているし」

ぼんやりしていた花菜は、反応に遅れた。

「えっ……ああ……私はどっちでも……」

上の空だった花菜に一眞が申し訳なさそうに、「かんにん」と謝った。

「急にお墓参りに付き合わせてしもて」

「それは全然いいんですけど……あの……」

花菜は躊躇した後、思い切って、

「あの女の人は誰だったんですか？」

と、尋ねた。

一眞は弱った顔をした後、静かな声で答えた。

「あの人は、昔、僕が交際していた人やねん」

（もしかして、あの人が、鶴田さんが話していた、一眞さんのもとから去っていった彼女さん……?)

どう相づちを打っていいのかわからず困惑する花菜に、一眞がもう一度「かんにん」と謝った。

「もう別れた人やから、花菜さんには黙ってた。気を悪くしたやろ?」

「そんなことは……ないですけど。だって私……一眞さんとは契約結婚の間柄ですし……」

「地獄まで付き合うてくれるんと違ったん?」

『最後の審判』の前で自分が言った言葉を返されて、花菜はドキッとした。一眞は唇を引き結び、花菜を見つめている。急に胸が締め付けられて、花菜は膝の上で手のひらを握った。

「……付き合いますよ」

「よかった」

ほっとしたように、一眞は表情を和らげ、車のエンジンをかけた。

*

割れたガラスを金継ぎで直している工房からメールが届いたのは、淡路島から帰ってきて、数日後のことだった。以前、問い合わせをした時、「修理可能」という答えと見積もりが届き、花菜は割れた妖精のランプを先方へ送っていた。

『立て込んでいたのでお待たせしてしまい、申し訳ございません。年末までには修理が終わります』という内容を読んで、花菜はほっとした。

（ランプ、直りそうでよかった。勝手に修理に出して、一眞さんに叱られるかな……）

不安もあるが、既に工房で修理に取りかかってもらっているのだから、今さらキャンセルもできない。

戻ってきたら出来上がりを確認して、大丈夫だったら一眞に渡そうと心に決める。

（そういえば、来週はもうクリスマスだっけ）

『縁庵』の店内にはクリスマスツリーが置かれている。と言っても、不要品として持ち込まれていたツリーに電飾を巻いただけのものなのだが。

相変わらず『縁庵』の店内は物で溢れている。年末近くなったので、大掃除を兼ねて大々的に整理をすることになった。その後は、一眞が懇意にしているという古物商に、買い取りに来てもらう予定だ。花菜が「売れるんですか？」と聞いたら、一眞は「売れても、二束三文やと思うけど」と笑った。

（クリスマスにはケーキを買ってこよう。今から予約したら間に合うよね？）

こういう時にデパートが近いと助かる。

一眞にプレゼントも渡したい。

（何をあげたら喜んでもらえるのかな。いつもご飯を作ってもらっているし、物よりも、どこかへディナーへ誘うほうがいいかな？）

あれこれと考えを巡らせる。

（……私が一眞さんと一緒に暮らし始めてから、そろそろ四ヶ月かぁ……）

もうすぐ年も暮れる。時間が経つのは早いものだ。

淡路島で出会った美和のことを思い出すと、胸がチリチリとするが、あれ以来、彼女が接触してくることもないし、連絡が来ているふうでもない。一眞の言うとおりのかな……）

「もう別れた人」なのだろう。

（でも、元カノが、別れた恋人の両親の命日に、毎年、お墓参りに来たりするものなのかな……）

引っかかりを感じるものの、一眞の口から、美和の名前が出ることはないので、何も聞けないでいる。

「もやもやしていてもしかたがない！」

花菜は顔を両手で叩き、立ち上がった。畳んであった寝具を敷く。冬の町家は冷える。エアコンは点けたままにして電気を消し、布団をかぶった。――最近、母の悪夢を見ることはなくなっていた。

＊

花菜が、それに気が付いたのは、十二月にしてはぽかぽかとした陽気の朝だった。『縁庵』での仕事が始まる前に布団を干しておこうと思い立ち、朝食後、リビングと繋がる物干し場に自分の布団を出した。

布団を干す時はいつも、ついでに一眞の布団も干している。一声かけると部屋に入れてくれるので、花菜は一眞の部屋の前で名前を呼んだ。

「一眞さん、布団を干したいので、入りますよ」

応えよりも早く戸を開けたのは、虫の知らせがあったからなのかもしれない。

花菜の姿に気が付いた一眞が、慌てたように振り返った。

「か、花菜さん」

手に、何か紙を持っている。それを隠すようにしながら、一眞はいつになく焦った口調で言った。

「布団ね。ええよ、持っていって」

ローテーブルの上に封筒が置かれている。見覚えのある、区役所の窓口封筒だ。

「一眞さん、何を見ていたんですか……?」

花菜は一眞のそばに歩み寄ると、彼の手から紙を引き抜いた。

それは、花菜と一眞の名前が書かれた婚姻届だった。

なぜここにあるのだろう。一眞が提出したはずなのに。

戸惑いながら一眞の顔を見ると、彼はばつが悪そうに花菜から視線を逸らした。

「出して……なかったんですか?」

呆然として尋ねたら、頷きが一つ返ってきた。

「ごめん」

「どうして……?」

「花菜さんに離婚歴を付けたくなかったから」

一眞の答えを聞いて唇が震えた。

「私たち、結婚してなかったんですね」

最初は、お互いの利害が一致した契約結婚だった。

けれど、花菜にとって一眞は、いつの間にか、家族のような存在になっていた。たとえ契約結婚だとしても、夫婦には変わりない。自分は一眞の妻なのだと、花菜は自覚を持つようになっていた。

「あのランプ」

一眞が低い声で続ける。

「二百万円するなんて嘘やねん。あれはアンティークを模した、ただの安物のランプ。僕が生まれた時、あれを雑貨店で見て気に入っていたお母さんに、お父さんが記念にって贈った物」

「嘘……」

「二重に騙していてごめん」

一眞が深々と頭を下げた。花菜の手から力が抜け、婚姻届が床に落ちる。裏切られた気持ちになり、無性に悲しくなった。

「そやから、花菜さんは自由になっていいねん。この家を出ていったらいい。でも、もし――」

一眞の言葉を花菜は遮った。

「そうだったんですね。じゃあ、私がここにいる必要はないんですね」

花菜は努めて微笑んだ。

目頭が熱くなったが、一眞に涙は見せないでおこう。そうでないと、優しい彼は、きっと気にするだろうから。

「私、出ていきます。『縁庵』で働かせてもらって少し貯金も増えましたし、飲食店勤務の経験もできましたから、なんとかなります」

もともと、好きな人ができるか、一緒に暮らすことに我慢ができなくなったら、別れる約束だった。いつかが今になっただけのことだ。

「ありがとうございました」と、深々と頭を下げた花菜に、一眞はそれ以上、何も言わなかった。

＊

「それで、『出ていきます』って言うて、すぐさま、うちに来たってわけ？」

いずみが、ベッドに背中を預け、膝を抱える花菜に、呆れたように声をかけた。

「ごめん、いずみ……押しかけちゃって……」

花菜は、膝頭に付けていた額を上げると、親友に向かって弱々しく謝った。

いずみが、部屋の隅に積み上げられた段ボール箱に目を向ける。花菜が身の回りの物を詰めて送った箱だ。家具など大きな物は「処分してください」と言って、一眞の家に残してきた。

「早く部屋を探すね。それまで、居候《いそうろう》させてくれる？」

「それは全然いいけどね」

電気ポットでお湯を沸かしていたいずみは、冷蔵庫からコンビニのプリンを二つ取りだし、スプーンと一緒にローテーブルの上に置いた。

「まあ、甘いものでも食べて元気出しな」

カチッと音がして、電気ポットが止まった。いずみは、ティーバッグを入れたマグカップにお湯を注ぎ紅茶を淹れると、花菜に差しだした。

「ほら。あったかいもん飲んで」

「うん……」

花菜はいずみからマグカップを受け取った。そうっと口を付ける。紅茶は熱すぎて、舌に火傷をしそうになった。

（一眞さんが買ってくれたウサギのマグカップ……置いてきちゃったな……）

「持ってきたらよかった」と考え、未練がましい自分が嫌になった。

紅茶をローテーブルに置き、プリンに手を伸ばす。蓋を開けてスプーンを差し込み一匙《さじ》掬《すく》い、口に入れる。花菜の好きな硬めのプリンだ。

いずみもプリンを食べながら、萎れている花菜に向かって、

「花菜さぁ、なんでそんなに落ち込んでるん？　一眞さんとの結婚は、ただの利害関係だったわけやん？　むしろ、婚姻届出されてなくてよかったやない」

と、呆れた口調で問う。

「うん……そうなんだけどね……」

それでもショックを受けている自分がいる。

プリンを食べる手を止めた花菜を見て、いずみが嘆息した。

「花菜が壊したランプが二百万円だったたって嘘をついて、結婚を強要したような人なんやろ？　性格に問題ありやん。しかも、元カノといわくありげやったんやろ？　案外、チャンスがあれば、そっちとよりを戻したいとか考えてたのかもよ」

「一眞さんは性格悪くないよ！」

花菜は思わず、強い口調で否定した。いずみが目を丸くする。

「優しいよ。一緒に暮らしている時は、大事にしてくれたよ……」

ミステリアスで、何を考えているのか、いまいちよくわからなかったけれど。

時折こぼす自嘲的な言葉の意味も、わからなかったけれど。

「…………」

プリンをローテーブルに戻し、再び膝を抱えてしまった花菜に、いずみは「やれやれ」という表情を浮かべ、

「つまりさ、花菜は一眞さんのことが好きやってんな」

と、指摘した。花菜は膝を抱えたまま、小さく頷いた。

「それやったら、家を飛び出してこぉへんかったらよかったやん」

「でも、一眞さんは私のことを好きじゃないもの。婚姻届を出してなかったぐらいだ

し」

俯いたままくぐもった声で答える。

「一眞さんは花菜に離婚歴を付けたくないって言ってたんやろ？」

花菜はもう一度頷いた。

「最初から、別れるつもりでいたってことだよ……」

「そもそも、花菜に好きな人ができたら、別れる約束やったんやろ？」

「そうだけど……。一眞さんが何を考えていたのか、全然わかんない……」

涙声になった花菜の頭を、いずみがぽんぽんと叩いた。

「ほな、聞けば？　ほんまはどういうつもりで契約結婚なんて言い出したんですかって。それで、頭にくるような答えを返されたら、一発殴って、吹っ切ればええやん」

いずみの提案に、花菜はかぶりを振った。

「これ以上、傷つきたくない」

いずみが「そっか」とつぶやいて、花菜の頭から手を離した。

いずみの家で居候をしながら、引っ越し先を探し始めてから一週間が経った。とっくにクリスマスは過ぎ、年末は目の前だ。不動産会社もそろそろ年末休みに入り始めている。

（年内には見つからないかもしれないな）

スマホで物件を探しながら、花菜は溜め息をついた。いずみはこの時間、アルバイトへ行っているので、今はマンションに一人だ。

スマホが震えた。メールが届いたという通知だ。

（もしかして、一眞さん？）

『縁庵』を出てから一眞からは何の連絡もない。当たり前といえば当たり前なのだが、どこかで期待している自分が嫌になる。

メールを開けてみると、もちろん一眞ではなく、ガラス工房からだった。『ランプの修理が終わったので、送付先を教えてほしい』という内容だった。

（送付先……どうしよう。今、私、住所不定だし）

『縁庵』に送ってもらおうかと思ったが、ランプがどのような状態に仕上がったのか気になる。一眞に渡していいものかどうかも確認したい。

（いずみに、ここに送ってもらってもいいか聞いてみよう）

夕方、帰宅したいずみにお願いすると、「かまわない」という答えが返ってきたので、ガラス工房に返信を入れる。すると、大晦日の到着予定で発送すると連絡がきた。

そわそわする気持ちで大晦日を待ち、ついにランプが届いた。

興味津々のいずみの前で、段ボール箱を開ける。しっかりと梱包されたランプを注意深く取りだす。エアーパッキンを一枚一枚剥がし、出てきたランプを見て、花菜は息を呑んだ。

割れていたランプシェードは貼り合わされ、キノコのような半円に戻っていた。赤いガラスには金の筋が何本も走っていたが、もとからそういう模様だったと言われれば、そうかもしれないとも思える。

「これ、本当に割れてたん？」

いずみが感心したような声を上げた。

「うん、割れてたんだよ……」

花菜は妖精の体を撫でた。どことなく、彼女も嬉しそうな表情を浮かべているように見える。

その時、『嬉しいわ』という声が聞こえた。妖精がしゃべったのかと錯覚したが、脳裏に浮かんだ光景を見て、すぐに、これはランプが覚えている思い出なのだと気が付いた。

『お父さんとお母さん、今度、結婚三十周年やろ？　二人で旅行してきたら』

今より少し若い一眞が、彼によく似た女性と、穏やかそうな男性の向かい側に座っていた。一眞の隣には、見覚えのある若い女性――美和がいた。

四人が座っているのは革張りのソファーだ。窓の外に庭が見える。『縁庵』の坪庭だ。

けれど、室内は雑多な『縁庵』とは違い、すっきりと片付いていた。シンプルなデスクの上にはデスクトップパソコンが置いてあり、壁際には書類をしまうためのスチール書庫が並んでいる。オフィスのような空間だった。

『鎌倉とか、和歌山とかどう？　お母さん、鎌倉でお寺巡りしたいとか、熊野古道を歩いてみたいとか言うてたやん』

一眞がパンフレットを差しだしながら勧めている。

一眞の母親はパンフレットを受け取り、見比べた後、

『どちらがいいやろか』

と、一眞の父親を振り向いた。

『君の行きたいほうでいいんとちがうかな』

『あら、それやといつまでも決まらへんわ』

二人の会話を聞いていた美和が『それなら』と口を挟んだ。

『鎌倉は人が多いと思いますので、和歌山はいかがでしょう。熊野三山は世界遺産ですし、温泉もあります。きっとゆっくり過ごしていただけると思います』

美和のアドバイスに、母親が『そうねえ』と、鎌倉のパンフレットをローテーブルの上に置いた。興味深げに和歌山のパンフレットをめくる。

『和歌山、いいんやない？　美和に任せておいたら、ええ宿も予約してくれるで』

一眞が美和を振り向くと、美和がにっこりと笑って頷いた。

『美和さんは旅行会社に勤めてはるんでしょう？』

母親の質問に、美和が『はい』と答える。

『私が責任を持って、プランを考えさせていただきます』

『旅費のことは気にしぃひんでええよ。僕が全部出すから』

一眞の言葉に、父親が、

『ほんまにいいんか？　一眞？』

と、驚いた顔をした。

『たまには親孝行させて』

『せっかく一眞がこう言うてくれてるんやし、お言葉に甘えて行きましょうよ』

母親が弾んだ声を上げる。父親も頷いた。

『ほな、そうしよう。ありがとう、一眞』

『美和さんも、私たちが帰ってきた後、あらためてお食事に行きましょうね』

母親の誘いに、美和は嬉しそうに笑い、一眞と顔を見合わせた。

（そうか……一眞さんのご両親がお亡くなりになった旅行って、一眞さんが勧めた旅行だったんだ……）

思いがけない事実を知って、花菜の胸がぎゅっと痛んだ。自分がプレゼントした旅行で両親が交通事故に遭い亡くなったと知った時、一眞はどんな気持ちだったのだろう。

一眞が時折こぼしていた、自嘲的な言葉は、自分のせいで両親が死んでしまったという罪の意識によるものだったにちがいない。

（自分は地獄に行くって……『親を殺してしまったから』っていう意味だったんだ。しかも、その旅行を手配したのが恋人の美和さんだったなんて……）

きっと美和も自分を責めただろう。自分が和歌山を勧めなければ、予約したツアーバスが違うものだったら、運命は変わっていたかもしれない、と。

（将来自分の義両親になるかもしれなかった人たちを不幸にしてしまったなんて、恋人に申し訳なくて、そばにいられなくなるよね……）

だから美和は一眞のもとから去ったのだ。

「…………」

「……かな……花菜！」

遠くからいずみの声が聞こえ、花菜は我に返った。

「急に泣きだしてどうしたん？」

いずみが花菜の顔を覗き込んでいる。

「泣いて……？」

花菜は自分の頬に触れた。いつの間にか涙で濡れていた。

「なんでもない……」

「なんでもないなんて顔やないよ？」

目をこすりながら答えた花菜を、いずみが心配そうに見つめた。

「私、行かなくちゃ……」

花菜は外したエアーパッキンで、ランプを包み直し始めた。

「こんな時間から？」

外は薄暗くなりつつある。

「大晦日やで？　どこに行くんかわからへんけど、今日やなくてもいいんやない？」

しきりに止めるいずみに、

「ううん。早く会いたいから」

花菜はきっぱりとした口調で答えた。それでいずみは察したらしい。

「京都に行くんやね。ほな、行っといでよ」

「うん！」

エアーパッキンで包み終えたランプを段ボール箱に戻す。いずみが大きめの紙袋を持ってきて、手渡してくれた。

「入る？」

「うん、入った」

「ちょっと持ちにくそうやね」

「大丈夫」

ピーコートを着込んでショルダーバッグを肩から下げ、紙袋を手に持つ。

「行ってきます！」

「頑張って」

いずみに見送られ、花菜は玄関を出た。


大晦日の阪急電車《はんきゅうでんしゃ》は、普段とそれほど変わらない混み具合だった。明日になれば、初詣客でかなり混雑するのだろう。特急は速いはずなのに、各駅停車のように遅く感じる。気持ちが急《せ》き、花菜は何度もスマホの時計を確認した。

ようやく京都河原町駅《きょうとかわらまちえき》に到着し、地下から地上へ出ると、キンと冷たい空気が花菜の頬を刺した。雪が降っている。大阪では降っていなかったので、傘など持ってきていない。

はぁと息を吐くと、白かった。鳴門で降っていた雪を思い出す。一眞はあの時、冷えた花菜の手を握ってコートのポケットに入れ、温めてくれた。ついこの間の出来事なのに、遠い昔のような気がする。

花菜は濡れるのもかまわず、横断歩道を渡った。足早に御幸町通を目指す。年末の買い物客が行き交う中をすり抜ける。

戻ってきた花菜を見て、一眞はどんな顔をするだろう。喜ぶだろうか。迷惑がられたら、今度こそ立ち直れないかもしれない。

（私は一眞さんの妻でも恋人でもない）

けれど、一緒に地獄へ行くと約束をした時、花菜は本気だった。

『縁庵』に辿り着くと、戸は閉まっていた。『年末年始のお休み』と貼り紙がされていて、日付が書かれている。花菜は一度、深呼吸をした後、インターフォンを押した。

緊張で心臓が早鐘を打っている。

胸の前で片手を握り、目をつぶった。

――がらりと、戸が開く音がした。

「花菜さん？」

目を開けると、驚きの表情を浮かべた一眞が立っていた。雪まみれの花菜を見て、

「どうしたん！　早よう入って！」

と、腕を掴んで中に引き入れた。

迷惑がられるかもしれないという不安は一瞬で消えた。すぐに花菜を心配してくれ

た一眞を見て、嬉しく思う。

「こんなに濡れて寒いやろ？　二階が暖かいから、上がって」

一眞が花菜の手から紙袋を取り上げ、背中を押した。寒さで震えていた花菜は、一眞に言われるがまま、階段を上った。

二階は一眞の言うとおり暖かかった。一眞が洗面所へ飛んでいき、バスタオルを手に戻ってくる。コートを脱いでいた花菜の頭にタオルを載せ、わしわしと拭いた。

「風邪引いてまうで。ホットカーペットの上に座って。ブランケット掛けて」

よく一眞と並んでテレビを見ていた、ホットカーペットの上に腰を下ろす。一眞が手渡したブランケットを膝の上に掛ける。冷え切っている体は、すぐには温まりそうにない。

「これだけやと足りひんね。毛布持ってくるわ」

一眞が自室へ行き、毛布を抱えて戻ってきた。花菜の体をぐるぐる巻きにする。

「あの……一眞さん、これじゃ身動きが……」

「頬も冷たい。ホットミルク作るわ」

花菜の頬を両手で包み込み、体温を確認した後、一眞はキッチンへ向かった。

急に触れられてびっくりするのと同時に、一眞の過保護な様子に、思わず笑みが漏れた。

「はい。ホットミルク」

花菜が暖をとっていると、ウサギのマグカップが差しだされた。

「ありがとうございます」

お礼を言って受け取り、口を付ける。はちみつの甘い味が冷えた体に沁みる。

黙ってミルクを飲んでいる花菜の隣に、一眞が腰を下ろした。

温かな飲み物と毛布で、ようやく花菜の体が温まってきた。

一眞がもう一度、花菜の頬に触れた。

「耳はまだ冷たいけど、だいぶ体温が上がってきたみたいやね」

安心したのか、ほっとしたように微笑む。

花菜は一眞の顔を見つめた。目と目が合う。一眞が、花菜の頬からパッと手を離した。

「……かんにん。つい……」

小さな声で謝罪され、寂しい気持ちになる。一眞が謝る必要はない。花菜は一眞に触れられて、嫌なわけではないのだから。

久しぶりに顔を合わせ、何を言っていいのかわからず、二人とも、しばらくの間、黙っていたが、

「久しぶりやね」

一眞が先に口を開いた。

「元気そうでよかった」

花菜は、黙ったまま頷いた。

「家は見つかった？」

今度は首を横に振る。

「……そっか」

話題に困ってしまったのか、一眞が再び黙り込む。

花菜は毛布を脱いで立ち上がると、空になったマグカップをダイニングテーブルの上に置きに行った。一眞が花菜の手から取り上げた紙袋は、リビングの隅に置かれている。

紙袋を持って一眞のそばへ戻った花菜は、注意深く段ボール箱を取りだした。

「何を持ってきたん？」

一眞が不思議そうに尋ねる。

「一眞さんに渡そうと思って……」

そう言いながら段ボール箱の蓋を開け、中からエアーパッキンに包まれたランプを取りだす。一枚一枚、エアーパッキンを外していくと、一眞の表情がだんだん変わっていった。

「これ、妖精のランプ……割れてしもたのに」

赤いシェードのランプを見て、一眞が、信じられないというような声を出した。

「ガラス工房に送って、金継ぎの手法で直してもらったんです。どうしても金色の筋が入ってしまうので、もとどおりというわけにはいかなかったんですけど……」

「直せるなんて思ってへんかった」

「すみません、納戸から勝手に持ち出してしまって」

深々と頭を下げると、一眞は「ええよ」と微笑んだ。

「割れたし、捨てようと思っててん。だから、納戸にしまってた。――そっか。綺麗になって戻ってきたんやね。僕の後悔は、まだ続くってことか……」

苦しそうにつぶやいた一眞の顔を見た途端、花菜はたまらない気持ちになり、彼の腕を掴んだ。

「一眞さんが後悔をし続けるなら、私、一緒に地獄へ行きます！　だから、もう、そんな顔しないでください……」

涙声で懇願すると、一眞が目を見開いた。

「……もしかして、このランプに何か見えた？」

こくりと頷く。

「一眞さんのお父さんとお母さんに旅行を勧めたのは、一眞さんと美和さんだったんですね」

花菜の答えに一瞬身を震わせた後、一眞は深く息を吐いた。

「僕の両親が旅行中の交通事故で亡くなったこと、知ってたん？」

「はい。鶴田さんから聞きました。……勝手にごめんなさい」

一眞があえて話していなかった事実を、他人から聞いていたことを謝る。

「……ええよ。どうせユウから花菜さんに話したんやろ？」

「鶴田さん、一眞さんのことを心配していました」

一眞は苦笑いを浮かべた。

「僕はまだ、ユウを心配させるような行動を取ってたんやろか」

両親が亡くなった当時のことを思い出しているのか、一眞が遠い目をする。

花菜に視線を戻すと、

「花菜さんは、このランプに、いつの光景を見たん？」

と問いかけた。

「ご両親の三十回目の結婚記念日に、一眞さんが旅行を勧めているところを……。そばには美和さんもいて……」

「ああ、あの時の……。そっか、見えたんや……」

つらそうに視線を伏せた一眞に、花菜は続けた。

「一眞さんに旅行をプレゼントしてもらった時のこと、このランプの持ち主であるお母さんの、とても嬉しい幸せな思い出だったんだと思います。だから、このランプは、その時のことを記憶していて……私に見せてくれたんです」

花菜の言葉に、一眞がかぶりを振る。

「幸せな思い出なんかやない。僕のせいで両親は亡くなってしまった。……美和にも可哀想なことをしてしまった」

「一眞さんのせいじゃないです！　もちろん美和さんのせいでもありません！　不幸な偶然が重なっただけ」

一眞が「でも！」と鋭い声を上げた。

「花菜さんがそう言うてくれても、僕の後悔は消えへん！　少しでも気持ちを軽くしたくて、ユウの真似をして、両親の遺した物を処分した。そうしたら、ユウの言うように、気持ちがすっきりするんやないかって思ったから。でも、全然すっきりしぃひんかった。むしろ、気持ちの整理がつく前に遺品を処分してしまったことを後悔した。僕は両親のことを忘れようと、見たくないものに蓋をするように、二人の生きてきた証を捨ててしまってん。……犯した罪から逃げようとしてたてん」

一眞の後悔を、花菜は何も言わずに受けとめる。

「……そやけど、僕が小さい頃からお母さんが大事にしてはった、このランプだけは処分できひんかった。両親の遺品の中で、ただ一つ残したこのランプを、花菜さんが割った時に思ってん。もしかしたらこの人が、僕の後悔を消してくれる相手かもしれへんって。僕が捨てられへんかったもんを、花菜さんが壊してくれたから。……でも、後悔は消えへんかった」

泣きだしそうな声で告白する一眞の瞳を、花菜はまっすぐに見つめた。

「たとえ、ご両親の物全てを捨てたとしても、一眞さんの胸の中に、ご両親の思い出は残っています」

「……うん。だからつらい……」

一眞は以前、両親のことを尊敬していたと、花菜に語った。

（一眞さんにとって、ご両親は、すごく大きな存在だったんだろうな。だから、自分のせいで二人が亡くなってしまったことに、責任を感じていたんだ。事故は、一眞さんのせいではないのに……）

一眞の心情を思い、胸がぎゅっと痛くなる。

花菜は、固く握りしめられた一眞の両手を取った。

「一眞さんは、私が、一眞さんの後悔を消す相手だって思ったんですよね。それなら、いつかきっと消してみせます。だから、私を『縁庵』に置いてください。一眞さんのそばにいさせてください。契約結婚でいいから……ううん、ただの同居人でいいから

「……」

一眞は瞳を揺らした後、俯いて、頼りなげに答えた。

「ほんまは迷ってた。花菜さんに知られる前に婚姻届を役所に提出しようかって。何度も封筒から取りだして、眺めて、躊躇した。最初に契約を結んだ時、僕は花菜さんに、婚姻届は出すつもりやって言うたけど、それは花菜さんに勝手に逃げられへんようにするための嘘やってん。……僕、ずるいやろ？」

弱々しく微笑んだ一眞に、花菜は小さく首を横に振る。

「最初は、花菜さんに感じた気持ちがなんなのか、よくわからへんかった。複雑すぎて、何が本当なのか、自分でも説明がつかへんかった。でも、花菜さんと一緒に過ごす毎日はとても安らげて、ずっと一緒にいられたらいいなって、素直に思うようになった。そやけど、脅すような形で強引に花菜さんに結婚を迫ったのは僕やし、そんな僕のことを花菜さんはきっと好きにならへん、仕方なく一緒にいるんやって、早く解放してあげなあかんって思ってた」

一眞の本音を知って、切なさで胸がぎゅっと締め付けられた。「そんなことはない」と伝えるように、握る手に力を込める。

「最初は成り行きだったけど、一眞さんと暮らすうちに、このまま、この生活が続けばいいなって思うようになったのは、私も同じです」

母を亡くしてから、花菜は物の記憶が読み取れるようになった。母の指輪は一人ぼっちの寂しさを癒やしてくれたが、同時に「母の死の瞬間」という悪夢を見せた。

それでも指輪を外すことができなくて、夢に怯えていた花菜を、救ってくれたのが一眞だった。彼が『怖い夢を見た時はいつでも呼んで』と言って抱きしめてくれたから、花菜は怯えなくなった。

あれ以来、悪夢は見ていない。

花菜は一眞に感謝の気持ちを伝えた。

「一眞さんは、お母さんの悪夢に苛まれていた私を、守ってくれたじゃないですか。一眞さんと一緒に暮らして、癒やされていたのは私のほう。ありがとうございます」

「お礼を言われるようなことは、なんもしてへん。花菜さんは無理して僕のそばにいいひんでええ」

かたくなに自己否定する一眞には、はっきりと言わなければ通じない。

すぅと息を吸い、花菜は言葉を紡いだ。

「私は、一眞さんのことが好きです」

花菜の告白を聞いて、一眞が目を見開き、息を呑んだ。花菜を見つめる顔が、信じられないという表情を浮かべている。

花菜はもう一度、ありったけの想いを込めて告げた。

「私は一眞さんのことが好きなんです。だから、そばにいたい」

一眞は花菜の言葉を反芻するように目を閉じると、一拍の後、ゆっくりと瞼を開いた。

「――僕は面倒くさい男で、全然お買い得やないし、性格も悪いけど……」

一眞と初めて会ったあの日、彼が花菜にプロポーズした台詞《せりふ》を思い出す。

あの時は、なんて自信家な人なのだろうと、呆れたけれど――

「お嫁さんは一生大事にしようと思ってます。花菜さん、僕と結婚してくれませんか……？」

緊張しているのか、今の一眞の声は僅かに震えていた。

自信の欠片《かけら》もなく、乞うように花菜を見つめている一眞を見て、愛しさが胸に溢れ、花菜は泣き笑いの表情を浮かべた。

「約束ですよ。大事にしてくださいね」

「約束する。――好きです、花菜さん。いつまでも、僕のそばにいてください」

一眞が花菜の手を持ち上げ、誓いの証のように、甲に軽く口づけた。

終章　思い出は胸に

「いらっしゃいませ。……あっ」

『縁庵』の店内に入ってきた客を見て、花菜は目を丸くした。

「……こんにちは」

遠慮がちに挨拶をしたのは美和だ。花菜は落ち着いた声で、

「こんにちは」

と、挨拶を返した。

「お席へご案内します。こちらへどうぞ」

カウンターテーブルに美和を案内する。キッチンの中にいた一眞はすぐに美和の来店に気が付き、微笑んだ。

「いらっしゃい」

「呼ばれたから……」

「うん。来てくれておおきに」

花菜が一眞から、「明日、美和が来る」と聞かされたのは、昨夜のカフェタイムだった。

スプリングコートを脱ぎ、ハンドバッグと一緒に荷物カゴに入れた後、椅子に腰掛けた美和は、緊張しているのか、硬い表情を浮かべている。

花菜は美和にお冷やを出し、メニューを手渡した。

「こちら、メニューです。どうぞ」

「何がええ?」

一眞の問いかけに、美和はメニューをめくり、

「じゃあ、おむすびランチセットを」

と、注文した。

花菜はメニューを下げると、キッチンに入った。調理をする一眞の手伝いをする。

いつものように、花菜が作り置きのおばんざいを並べ、一眞が温かい主菜とおむすびを用意する。コンビネーションのよい二人を、カウンター越しに、美和が複雑な表情で見つめていた。

今日のランチセットは、桜エビと菜の花のおむすびと、筍《たけのこ》ご飯のおむすび。アスパラガスの肉巻きと、春キャベツの旨煮、新じゃがいもを使ったポテトサラダ、新玉葱のお味噌汁。

「お待たせしました」

花菜がランチのトレイを運ぶと、美和の表情が和らいだ。

「おいしそう！　一眞君のお料理、懐かしい」

（きっとこの人は、私よりも長い間、一眞さんの作るご飯を食べてきたんだろうな）

そう考えたら、花菜は少し嫉妬をしたが、おむすびを食べる美和が幸せそうな表情を浮かべているのを見て、その気持ちは消えた。誰かが一眞の料理を食べておいしいと喜んでくれるなら、それが花菜の喜びにもなる。

花菜はさりげなくピッチャーを手に取り、カウンターテーブルから離れた。店内のお客様に水を注いで回る。背後では、一眞と美和が何か話をしていた。花菜は聞かないほうがいい。

三十分ほどして、美和が席を立った。レジへ歩み寄る。手持ち無沙汰に古書の整理をしていた花菜は、急いでレジカウンターに入った。

お会計を終え、店を出る前に、美和は花菜を振り返った。花菜に、「お幸せに」と言った後、カウンターキッチンに視線を向け、一眞に軽く手を振った。花菜は、美和の左手の薬指に、銀色の指輪が嵌められていることに気が付いた。

美和がお辞儀をして『縁庵』を出ていく。

カウンターテーブルへ戻り、美和が食事を終えた食器を片付ける。キッチンに入り洗い物を始めた花菜に、一眞が小さな声で「おおきに」と言った。花菜は手を止めると、一眞を見上げ微笑んだ。

食器を洗うのを再開したが、視線を感じる。横を向いたら、一眞が、じっと花菜を見つめていた。

「何か……？」

首を傾げた花菜に、一眞が誘いの言葉をかけた。

「花菜さん、今度、一緒に買い物に行かへん？」

「いいですよ。何か欲しい物があるんですか？」

深く考えずに尋ねたら、照れくさそうな笑みが返ってきた。

「結婚指輪」

思ってもいなかった答えに、花菜の頬が熱を持った。

「そろそろ用意してもええかなって。花菜さんはどう思う？」

「お買い物、行きたいです。私も欲しい……です」

恥ずかしさのあまり一眞から視線を逸らし、囁くように同意する。

一眞に結婚指輪をもらったら、右手の薬指の指輪は外そう。

母の指輪は大切に箱にしまって、思い出は胸の中に残そう。

花菜はもう、一人ではない。

＊

「急に、ウェディングフォトを撮りたいなんて、どういう風の吹き回し？」

一眼レフカメラを構えながら、圭司が問いかけた。

柔らかな光が差し込むフォトスタジオの中で、緊張の面持ちを浮かべる花菜の隣で、一眞が答える。

「やっぱり、記念は必要かなって思ったんです。それに、花菜さんのドレス姿を見たかったし」

「変じゃないですか？」

ふんわりとしたAラインのウェディングドレスに身を包んだ花菜が、不安な表情で一眞を見上げる。一眞から、

「全然。めっちゃ可愛い。天使かなって思う」

という答えが返ってきて、盛大に照れた。

「あーはいはい、ごちそうさま。そのまま、見つめ合っといて。うん、いい感じ」

カメラのフラッシュが光る。

圭司の指示で、座ったり、背中合わせになったり、手を繋いだりと様々なポーズを取った後、恥ずかしさが容量を超えた花菜は、一眞のフロックコートを摘んだ。

「うう……もう無理です……」

「えっ？　なんで？」

不思議そうに聞く一眞を、上目遣いに見る。

「だって、飯塚さんが指示するポーズ、一眞さんとくっつきすぎで恥ずかしいし、一眞さんも、いちいち可愛いとか綺麗とか言うんですもん……」

「思ってることを口に出してるだけなんやけど」

とてもよい笑顔で返されて、言葉に詰まった。

二人のやり取りを聞いていた圭司が笑っている。

「花菜ちゃんの限界がきたみたいだから、このへんにしとくか。いい写真はたくさん撮れたから大丈夫だよ」

「おおきに、圭司さん」

「ああ、そうだ。一枚だけ、撮り忘れたショットがある」

圭司がニヤリと笑い、花菜は嫌な予感がした。

「キスシーンを撮ってない」

「だって。花菜さん」

一眞に見つめられて、花菜は真っ赤になった。

「だ、駄目です！　人前ですし！　それにまだ入籍前ですし！」

ぶんぶんと頭を振ると、髪を飾る花が抜けそうになった。それを差し戻しながら、一眞が悪戯っぽく笑う。

「ほな、家に帰ったらもうええよね。この後、役所に行くんやし」

耳元で囁かれて、体温が上がる。恥ずかしがっている花菜を、面白がっているとしか思えない。

(やっぱり、性格悪い……)

一眞が、頬を膨らませた花菜の手をとった。レースの手袋の上から左手の薬指を撫でる。優しいしぐさに機嫌を直し、花菜は一眞を見上げた。

目と目が合い、二人は微笑んだ。

＊

「来週のパーティー、楽しみやね」

客のいない店内で、手持ち無沙汰に信楽焼の狸を拭いている花菜に、一眞が声をかけた。花菜は振り返り「はい」と笑った後、顔を曇らせた。

「私たちが実は偽装夫婦だったと知って、鶴田さんは怒らないでしょうか」

二人の結婚を最初から喜んでくれていた一眞の親友に、嘘をついていたことを申し訳なく思う。一眞は花菜を安心させるように、

「あいつは懐が深いから大丈夫」

と、にこりと笑った。

「それよりも、僕は、いずみさんに許してもらえるかが心配や」

弱ったように頭をかく一眞に向かって、今度は花菜が微笑む。

「いずみも祝福してくれると思います」

親友たちに、花菜と一眞が本当の夫婦になったと、報告できることを嬉しく思う。

その時、『縁庵』の扉が開いた。

「いらっしゃいませ。お一人様ですか？」

店内に入ってきた若い男性に、花菜は朗らかに声をかけた。

若い男性は片手に大きなボストンバッグを提げている。

「昨日SNSで連絡した者なんですけど……。不要品を引き取ってもらいたくて、持ってきました」

カウンターキッチンから一眞が出てきて、男性客に笑顔を向ける。

「ほな、あちらのテーブルで拝見します」

一眞が、男性客を坪庭の見える席へ案内する。

花菜は、ピッチャーからグラスに水を注ぐと、メニューとともに、男性客のもとへ運んだ。

男性客がさっそく、テーブルの上に、持ってきた小物を並べている。
様々な品を見て、花菜はわくわくした気持ちになった。
誰かの不要品は、誰かにとっては必要な物。
一眞と花菜が営むお結び屋さんは、今日も、物と人との縁を結ぶ。

《了》

一二三文庫

京都御幸町かりそめ夫婦のお結び屋さん

2023年10月5日　初版発行

著　者　卯月みか
発行人　山崎　篤
発行・発売　株式会社一二三書房
〒101-0003
東京都千代田区一ツ橋2-4-3 光文恒産ビル
03-3265-1881
https://www.hifumi.co.jp/
印刷所　中央精版印刷株式会社

ISBN 978-4-8242-0041-9 C0193